청소년을 위한
과학상식 100

청소년을 위한 과학상식 100

초판 1쇄 인쇄_ 2014년 4월 1일 | **초판 2쇄 발행_** 2018년 10월 19일

지은이_ 박창수 | **펴낸이_** 오광수 외 1인 | **펴낸곳_** 꿈과희망

디자인·편집_ 김창숙, 박희진 | **마케팅_** 김진용

주소_ 서울시 용산구 백범로 90길 74, 대우이안 오피스텔 103동 1005호

전화_ 02)2681-2832 | **팩스_** 02)943-0935 | **출판등록_** 제2016-000036호

e-mail_ jinsungok@empal.com

ISBN_ 978-89-94648-54-5 02810

※ 책 값은 뒤표지에 있습니다.

※ 새론북스는 도서출판 꿈과희망의 계열사입니다.

청소년을 위한

논리적이고 합리적인 사고를 키워주고 꿈을 현실로 실현시켜주는 과학상식 백과사전!!

과학상식

100

박창수 지음 | 이범성 (공학박사) 감수

꿈과희망

과학은 삶의 또다른 모습입니다

새로운 세계를 알아간다는 것, 그것만큼 짜릿하고 긴장되는 일도 없을 것입니다.

자연을 알고 자연을 이용할 줄 아는 힘, 인체의 구조를 통해 병을 극복해 나가는 일, 하늘의 움직임과 별의 모습을 통해 우주를 여행하는 일, 왠지 모르게 과학은 원대하고 우리가 알아낼 수 없는 엄청난 세계인 것 같습니다.

그러나 과학은 바로 우리가 먹고 마시는 아주 가까운 곳에서 함께하고 있습니다.

압력밥솥 속에 숨은 과학의 원리, 어떻게 커다란 배가 바다 위를 떠다니는지 항상 우리 곁에서 보고 듣고 느껴왔던 것들의 속을 들여다보면 그 속에는 아주 신비로운 과학의 원리가 담겨 있습니다.

과학을 알아간다는 것, 그것은 우리의 꿈을 실현시키는 방법을 알아가는 것입니다.

 과학은 미래의 역사를 써나가는 학문입니다.

 미래의 인간이 어떤 모습으로 살아가는지 과학의 역사를 보면 한눈에 알 수 있습니다.

 합리적이고 논리적이어야 하는 과학이 에세이가 될 수는 없습니다.

 그러나 과학 속에는 바로 인간의 모든 삶이 녹아들어 있습니다.

 우리 생활 속에서 일어나는 일들이 논리적이고 합리적이고 과학적으로 증명될 때 과학은 한 걸음 미래를 향해 나아가게 되는 것입니다.

 인간을 포함한 모든 세계를 다루는 과학이야말로 우주 진실의 실타래를 하나하나 풀어나가는 에세이인 것입니다.

 청소년 여러분이 자신의 주변을 돌아보는 일에서부터 과학에세이는 시작되고, 미래의 꿈을 현실화시키는 작업을 통해 미래의 역사는 새롭게 펼쳐질 것입니다.

차례

4 – 생로병사(生老病死)의 인간

5 – 생활 속의 과학

6 ─ 세상을 뒤바꾼 과학자들

부록 1
진화와 과학

부록 2
태양계

1

살아 숨쉬는
대자연 속의 비밀

함께하면서도 너무나 자연스러워 궁금해 하지 않았던 대자연 속에는 어떤
과학의 비밀이 숨어 있을까. 우리가 매일 밟고 있는 흙에서부터 가을이 되면
형형색색 단풍이 드는 모습, 왜 얼음에 손을 댔을 때 달라붙는지 등 살아 숨
쉬는 대자연의 모습을 파헤쳐 보자. 이제 우리가 몸담고 있으면서 마음껏 인
간의 마음대로 향유하였던 자연의 진정한 모습이 그 속살을 드러낸다.

흙의 나이를 추정하는 방법이 있을까?

지표상의 흙은 여러 가지 종류가 있다. 흙의 성분 원소 함유량에 따라 종류가 구분되어진다.

예를 들어 플로리다 주에서 오렌지 재배에 사용되는 흙이 기후가 다른 오리건주의 곡식 재배에는 적절하지 않다. 채소나 과일에는 저마다 이상적인 흙이 있으며 또 장소, 기후에도 이상적인 조건이 있다.

흙의 표토는 주로 모래, 점토, 부식질 등이 모여 형성된다. 부식질이란 식물 혹은 동물의 주검이 미생물 등의 작용으로 분해되어 생기는 것을 말한다.

이 표토 밑에는 60cm에서 1m 가량의 심토 부분이 있으며 그 밑에 암반이 있다.

표토가 1in (인치), 곧 2.5cm 정도 형성되려면 500년에서 600년 정도 걸린다고 추측되고 있다. 따라서 지층이 15cm 생기려면 3천 년이 걸리는 셈이다.

나무는 왜 겨울에 얼어죽지 않는 것일까?

"평생을 살아봐도 늘 한자리, 넓은 세상 얘기도 바람에게 듣고, 꽃 피던 봄 여름 생각하면서, 나무는 휘파람만 불고 있구나."

'겨울나무' 라는 동요의 일부분이다.

위의 동요 내용처럼 늘 한자리에서 꼼짝할 수 없는 나무들은 어떻게 추운 날씨를 견디어 내는 것일까?

겨울에 날씨가 추워 대기온도가 영하로 내려가면 다년생 풀들은 땅 위에 나와 있는 부분은 죽고 땅 속에 있는 뿌리만 살아 있다. 이때 눈이나 흙에 덮인 뿌리는 차가운 공기로부터 얼지 않게끔 보호를 받는다.

그런데 갑자기 기후가 변해 서리가 내리고 기온이 빙점 아래로 내려가면 농작물은 큰 피해를 본다. 이때는 식물조직의 세포 안에 얼음이 얼고 세포막에 손상이 일어나 조직이 파괴되므로 식물이 죽게 되는 것이다.

그러나 일반적으로 온대 지방의 식물은 가을이 오면서 서서히 내려가는 온도로 인하여 저온에 적응하게 된다.

저온에 적응이 된 식물은 결빙 온도가 되면 식물 조직은 세포와 세포 사이에 공간이 있어 이 세포간극에 먼저 얼음 결정이 만들어진다. 이곳이 얼 때 세포 안의 수분은 밖으로 빠져나와 세포 밖에서 얼음 결정을 만든다. 이 얼음 결정은 세포보다 크기가 수백 내지 수천 배나 되는데, 이것이 오히려 나무에게는 단열재로 작용하여 세포를 얼어

죽지 않게 막아준다.

이와 동시에 세포 내 물질, 특히 당류의 농도가 높아져 결빙 온도가 낮아지게 되는데, 이때 세포 내의 수분 함량이 매우 낮아진다. 이런 수분 부족을 이겨내야 식물은 살 수 있다.

이렇게 보면 내한성 식물은 세포 속에 있는 아주 적은 양의 물로 살아가야 하는, 극심한 탈수 상태에 견디어내도록 순화되어 있는 것이다.

추위를 견디어낸 내한성 식물은 봄이 되어 세포간극의 얼음이 녹으면 다시 물이 세포 안으로 들어가서 정상적으로 활동하게 된다.

온대지방의 낙엽수와 과수는 대부분 영하 40℃에서도 냉해를 입지 않는다.

겨울에 앙상한 가지만 보이는 겨울나무는 이같은 탈수 상태를 견디면서 봄을 기다리고 있는 것이다.

그림자 크기가 변화하는 이유는 무엇일까?

어렸을 적 그림자 놀이를 해보지 않은 사람은 거의 없을 것이다.

가끔은 이 그림자가 날 따라오지 않았으면 하는 어처구니없는 바람을 갖기도 하는데 해가 비추는 날에는 언제나 나 자신을 따라다니는 친구이다.

그럼 그 친구는 하늘에서 준 선물일까?

그림자란 빛의 직진성 때문에 생긴다.

빛이 진행하다가 중간에 장애물이 있으면 더 이상 갈 수가 없어서 어두워 보이는 상을 그림자라고 한다.

이와 같은 그림자가 생기려면 3가지가 필요하다.

빛을 보내는 것(태양 등 광원), 장애물(사람), 영상을 맺게 하는 스크린(땅)이 그것이다.

아침에는 그림자가 길어지고, 점심 때는 그림자가 짧아지는 것을 경험할 수 있다. 해가 눈앞에 있으면 몸 전체로 빛을 막지만, 머리 위에 있으면 머리 위쪽에 의해서만 빛을 막을 뿐이다.

이와 같이 사람에 의해 생기는 그림자는 해가 눈 앞에 있는지 머리 위에 있는지에 따라 길이가 달라지게 된다. 따라서 아침이나 저녁에는 그림자가 길고, 낮에는 그림자가 짧아지는 것이다.

벌레를 먹는 식물도 있을까?

개가 사람을 물면 뉴스가 되지 않지만 사람이 개를 물면 뉴스가 된다. 상식적으로 사람이 개를 물거나, 닭이 여우를 잡아먹거나 식물이 곤충을 잡아먹을 수는 없을 것이다. 그러나 놀랍게도 벌레를 먹는 식물이 있다. 대자연은 벌레를 잡기 위한 도구를 제대로 식물에게 부여하였다.

가령 통발은 잎의 일부가 포충낭이 되어 벌레를 포충낭으로 몰아 그 속에 고인 물에 빠져 죽도록 한다. 또 벌레잡이 통풀도 주전자 모양의 잎 속에 꿀샘이 있어 벌레를 유인해 통 속에 떨어져 죽게 한다. 죽은 벌레는 소화액에 의해 소화 흡수되어 영양분이 된다.

끈끈이주걱의 잎에는 진득진득한 섬모가 빽빽이 나 있다. 벌레가 이 잎에 앉으면 잎은 재빨리 끝쪽부터 돌돌 말아 벌레를 감싸 버린다. 그 후에는 천천히 벌레를 소화시켜 영양을 흡수한다.

또 끈끈이귀이개의 잎은 여우를 잡는 함정 같은 구조를 하고 있다. 2장의 타원형 잎이 짝이 되어 표면에는 아주 민감한 털이 3개 나 있다. 벌레가 이 털에 닿으면 죽게 된다. 끈끈이귀이개는 잎을 합죽 닫고 이 속에 벌레를 가둔 뒤 잎에 붙어 있는 독특한 분비선에서 소화액이 나와 벌레의 연한 부분부터 소화시켜 나간다. 영양분을 다 흡수하고 나면 그 사나운 잎의 함정은 다시 벌어져 빈 껍데기를 바람에 날려 버리고 그대로 다음 제물이 될 벌레를 기다린다.

가을에 단풍이 드는 이유는 무엇일까?

가을에 나뭇잎들은 붉은색, 노란색으로 옷을 갈아입는다. 이는 단지 나뭇잎의 색깔만의 변화가 아닌 겨울을 준비하는 모습이기도 하다. 그렇다면 나뭇잎들이 겨울을 준비해야 하는 이유는 무엇 때문일까?

잎의 푸르름을 지키는 것은 잎 속의 엽록소이다. 여름에는 강한 빛과 적당한 온도로 광합성이 활발하게 일어나지만 겨울이 되면 그렇지 못하다. 그러면 잎은 에너지만 소모하므로 필요가 없어지고 겨울이 오기 전에 제거해야 한다. 그래서 가을로 접어들면 잎으로 보내는 수분과 영양분을 줄이게 되고, 엽록소가 조금씩 파괴되어 잎은 푸른색을 잃어간다. 이때 엽록소가 사라진 자리에는 그동안 엽록소의 푸른색에 가려져 있던 잎 속의 카로틴과 크산토필이라는 노란 색소가 모습을 드러내 잎을 노랗게 물들게 하는 것이다.

한편 붉은 색 단풍은 엽록소가 사라지면서 원래 잎 속에 있던 색소가 나타나는 것이 아니라 잎이 안토시아닌이라는 새로운 색소를 만들어 붉어지는 것이다.

단풍이 드는 나무들은 가을에 잎이 떨어지는 낙엽수들인데, 이와 달리 사철내내 푸른 잎을 자랑하는 상록수도 있다. 상록수 중에서도 색깔이 변하는 종류가 있으나 대부분은 잎이 두껍고 질겨 춥고 건조한 겨울을 무사히 지낼 수 있기에 낙엽을 만들지 않는다.

이슬이나 서리는 왜 생기는 걸까?

아침등산을 하고 난 후 바지자락을 만져보면 언제나 젖어 있다.
그건 바로 잎사귀에 고여 있는 이슬에 스친 흔적이다.

이와 같은 이슬이나 서리는 모두 차가운 밤공기로 인해 생기는 것이다. 햇볕이 내리쬐던 낮동안의 따뜻한 대기는 해가 지고 날이 어두워지게 되면 냉각되어 수증기가 포화상태에 이르는 온도에 도달하게 된다.

이와 같은 포화상태의 공기가 이보다 조금 더 차가운 나뭇잎과 유리의 표면에 닿게 되면, 덥고 습한 여름날 얼음물이 담긴 유리잔 표면에 물방울이 맺히는 것처럼 수증기가 응결하여 이들의 표면을 덮게 되는데 이것이 바로 이슬이라는 것이다.

그리고 서리는 기온이 빙점 이하로 내려갔을 경우에만 생기는 것으로 포화상태의 공기가 차가운 물체 표면에 닿을 경우 수증기가 액체로 응결하는 것이 아니라 기체상태에서 바로 미세한 얼음의 결정으로 얼어붙게 되는데 이때 얼음의 결정은, 더 많은 수증기가 얼어붙음에 따라 점점 커지고 여러 가지의 다양한 모양을 만들 게 되는 것이다.

도깨비불은 정말 있는 것일까?

공동묘지에서 일어난다는 '도깨비불'에 대한 옛말을 들은 적이 적어도 한두 번은 있을 것이다.

그러나 그것은 '도깨비불'도 아니고 '귀신'의 장난도 아니며 '환상'도 아닌 바로 화학 반응의 결과이다.

도깨비불의 정체는 인 화합물이 물과 작용하여 분해될 때 생기는 인화수소 때문인데, 이 인화수소는 동식물이 죽어서 썩을 때 발생하며, 보통 온도에서도 저절로 불이 붙기 때문에 따뜻하고 축축한 날 밤 흔히 새로 만든 무덤에서 그런 현상이 일어나서 도깨비불이라고 얘기되어지는 것이다.

나무 꼭대기까지 어떻게 물이 공급될까?

물은 높은 곳에서 낮은 곳으로 흐른다. 하지만 거꾸로 낮은 곳에서 높은 데로 이동한다면 이상할 것이다. 실지로 물은 땅 속에서 나무 꼭대기까지 올라간다. 100m가 넘는 나무의 경우에도 마찬가지이다. 도대체 어떻게 물이 그렇게 높은 데까지 올라갈 수 있을까?

이른바 모세관 현상 때문이다. 흡수지는 모세관 현상에 의해 물이나 잉크를 빨아들인다. 그러나 100m나 되는 나무인 경우 공기의 압력으로는 물을 겨우 10m 정도밖에는 밀어올릴 수가 없으므로 도저히 100m까지는 무리이다.

그러면 나머지 90m는 어떻게 끌어올리는 것일까? 이는 잎 표면의 증산작용이 해결해 준다. 이것이 바로 물을 밀어올리는 가장 큰 원인이다.

식물의 잎은 대량의 수증기를 공기 중에 방출시킨다. 이와 같이 잎 표면에서 수증기를 방출하면 물 분자들이 서로 끌어당기는 힘에 의해 잎맥으로부터 증발로 잃게 된 분량만큼 물이 보급된다.

이들 분자 사이에 당기는 힘은 매우 강력하다. 더구나 나무 한 그루에는 몇천 장의 잎이 있으므로 이들 잎맥 속의 물 분자는 몇십억이라는 수량이 된다. 이 힘의 전부가 잎에서 가지, 줄기, 뿌리, 땅 속 순서로 물을 끌어당긴다. 대기압, 모세관 현상, 증발효과, 이 모두가 합쳐져 100m나 되는 나무 꼭대기까지 물이 공급되는 것이다.

산호초는 어떻게 해서 생길까?

산호초는 바위 표면에 조그만 산호충 새끼가 부착하면서부터 출발한다. 산호충은 몸 윗부분에 있는 몇 개의 촉수로 먹이를 잡아먹는다. 점차 자라면 근사한 산호의 생체가 완성된다.

산호는 바닷물에 용해되어 있는 칼슘 이온을 흡수하여 자기 몸을 지킬 석회질 껍데기를 만든다. 그 껍질은 컵 같은 모양이 되어 위의 개구부에서 폴립의 촉수가 나와 먹이를 잡아먹는다. 먹이는 대체로 밤에 잡는다. 폴립이 자라면 이윽고 싹이 나와 분열해 2마리의 폴립이 된다. 그리고 이 폴립은 각각 칼슘 이온을 흡수하여 껍데기를 만드는데 따뜻하고 맑은 바닷물에서는 성장이 빨라 금방 나뭇가지와 같은 골조가 완성된다. 이 집단은 이윽고 큰 콜로니가 되어 아름다운 모양의 산호 덩어리를 형성하게 되는 것이다.

단단한 산호와는 달리 바다부채라는 연질의 산호도 있다. 이것들은 색이 선명하고 단단한 골격이 없어 바다 속에서 해초처럼 흔들린다. 단단한 산호는 하나하나의 폴립이 독립된 소화기를 가지며 저마다의 산호충이 각각 먹이를 잡지만 연질의 산호는 하나의 폴립이 소화한 영양분이 콜로니 전체에 전달된다.

살아 있는 폴립은 골격 바깥쪽을 덮어 산호초의 아름다운 색채를 형성한다. 산호의 선명한 색은 폴립의 촉수 속에 살고 있는 조류가 지닌 색이다. 이 조류 때문에 산호초가 그렇게 아름답게 보이는 것이다.

동굴은 어떻게 생겨났을까?

자연계에는 여러 원인으로 생긴 동굴이 많다.

빙산 속에 생긴 얼음 동굴은 얼음이 부분적으로 녹거나 얼어서 만들어졌고, 지진으로 갈라진 지층에서 물이 솟아나 동굴이 생기기도한다. 또 화산지대의 용암 동굴은 화구에서 유출된 용암의 표면이 냉각되어 굳어졌는데 그 내부가 눅눅하게 녹아 흘러 생겨났다.

오랜 세월 동안 사나운 파도에 부딪친 결과 낭떠러지 일부가 바닷물에 깎여 생긴 해식동굴로는 이탈리아의 카프리 섬에 있는 그로타아주라가 유명한데, 매년 관광객이 몇만 명씩 찾아온다.

한편 지하 동굴은 물의 작용에 의해 생기며 두 가지 원인이 있다.

첫째, 지하에서 물이 갈라진 암석 틈으로 흘러 침식을 반복하다 마침내 동굴이 생긴다.

둘째는 석회암 지대에서 이산화탄소분을 포함한 빗물이 지하에 침투해 석회암을 조금씩 용해시켜 종유동을 만든다.

동굴의 천장에 물방울이 맺혀 종유석이라는 돌 기둥 같은 것이 성장하고, 떨어진 물방울에 여분의 석회가 남아 있으면 바닥에서 석순이 자라난다.

개중에는 그 속에 조그만 호수가 있는 종유동도 있으며, 이곳에는 눈이 없는 물고기나 곤충 등 캄캄한 환경에도 잘 적응하는 생물이 산다.

프랑스나 스페인의 몇몇 동굴에는 동물 그림이나 조각이 돌벽에 그려져 있기도 하다. 이는 3만 5천 년 이전에 이들 동굴에 인간이 살고 있었음을 증명해 준다.

석회암 동굴

알타미라 동굴벽화

고구려 고분 벽화 – 수렵도

토마토는 왜 과일이 아니고 채소일까?

우선 과일과 채소의 정의부터 내려보자.

과일은 먹을 수 있는 나무의 열매이며, 채소는 식용인 초본성 재배 식물을 말한다. 채소는 다시 무, 당근, 고구마 등 뿌리를 먹는 뿌리 채소와 배추, 시금치 등 잎과 줄기를 먹는 잎줄기 채소, 그리고 오이, 수박, 토마토, 딸기 등 열매를 먹는 열매 채소로 구분한다.

이렇게 본다면 토마토는 채소에 속한다.

하지만, 한 가지 우리는 일반적으로 수박, 딸기 등을 과일에 포함시키기도 한다. 즉, 과일의 의미를 좀더 확대시켜 보면 나무나 풀의 열매로 식용이 되는 것으로 총칭할 수 있다.

참고로 미국 대법원에서 관세 문제로 토마토가 과일인지 채소인지 결정을 내린 적이 있었다고 한다. 이는 채소와 과일에 대한 관세가 다르기 때문이었다고 하는데 결론은 토마토가 과일로 보기에는 충분히 달지 않다는 이유로 해서 채소로 결정되었다고 한다.

불투명한 얼음은 왜 생기는 것일까?

　냉장고에 깨끗한 물을 얼려도 투명하거나 혹은 불투명하게 되는 것은 무엇 때문일까?

　해답은 물 속에 있는 기포에 있다. 이 기포들은 물이 어는 과정에서 물 밖으로 빠져나간다. 그런데 미처 빠져나가지 못한 기포가 있으면 이 기포 때문에 얼음이 불투명해진다.

　물이 얼음이 될 때 보통 1개의 모퉁이부터 얼기 시작하는 경우가 많다. 물 속에 녹아 있던 기포는 그 동안 달아난다. 그러나 물이 급속히 냉각되면 1개의 모퉁이뿐만 아니라 여러 모퉁이에서 동시에 얼기 시작한다. 그러면 굳어진 얼음 속에 얼지 않은 물이 남아 버려 기포가 미처 빠져나가지 못한다. 이 기포들은 다 언 뒤의 얼음 속에 숨어 있으면서 빛을 통과시키지 않게 한다. 이 때문에 얼음이 불투명하게 보이는 것이다.

눈 오는 날 밤이 고요한 이유는?

눈 오는 밤이 지나면 온 세상은 하얀 눈으로 덮여 있고, 평온하며 고요하다. 눈은 세상을 조용하게 만든다. 그래서 눈 오는 날 밤은 유난히 아늑하고 조용하게 느껴진다. 왜 그런 것일까?

공기 중에서 소리의 속도는 그 온도에 따라 달라지며, $15℃$에서 초속 $340m$이다. (소리의 속도=$331m+0.6×$섭씨온도) 온도가 낮아지면 소리의 속도는 늦어진다. 그러나 소리의 속도는 눈 오는 날 밤이 조용한 것과는 큰 관계가 없다. 그러면 왜 조용한 것일까?

방음벽에 사용하는 흡음재는 흡음구멍이 많은 흡음판을 이용한다. 방 안의 소리는 바닥의 표면에서 일부 반사되고, 나머지는 벽과 천장에 있는 흡음판 구멍으로 진입한다. 소리는 수많은 구멍에 부딪치고 반사되는 사이에 소리가 갖고 있는 에너지를 잃게 된다.

눈이 오면 도로나 자동차, 나무, 지붕 등에 눈이 덮힌다. 눈은 육방형의 결정이 모여 여러 가지 크기의 입자가 되고, 그 입자가 모여 고체의 눈이 된다. 입자와 입자 사이에는 많은 틈이 생기고 이것이 흡음판의 구멍과 같은 작용을 한다. 눈이 일종의 흡음재가 되어 주변이 조용해지는 것이다. 눈은 주파수 $600Hz$ 이상의 소리에 대해서는 특히 흡음률이 높아 0.8에서 0.95 정도가 된다. 이것은 우수한 흡음재인 유리솜과 같은 정도의 흡음성이다. 흡음률이란 활짝 열어젖힌 창문처럼 음이 아무런 방해를 받지 않고 지나가는 것을 말하고, 흡음률 0.1이란 음의 90%가 반사되는 것을 뜻한다.

화산은 왜 생기는 것일까?

지하의 높은 온도와 압력 때문에 바위 같은 것들이 녹아 있는 것을 '마그마' 라고 한다.

'화산' 은 지하 깊은 곳에서 생성된 마그마가 벌어진 지각의 틈을 통하여 땅 밖으로 나올 때, 휘발하기 쉬운 성분은 화산가스가 되고 나머지는 '용암' 으로 분출하여 만들어진 산을 말한다.

지구 내부에서 마그마가 발생하는 이유는 아직 완전히 규명되어 있지 않으나, 고온이면서도 높은 압력 때문에 고체 상태를 유지하고 있다가 어떤 원인에 의하여 그 일부가 녹으면서 마그마가 생성된다는 것은 거의 확실하다. 또한 이렇게 생성된 마그마가 분출하는 이유에 관해서도 아직 완전히 밝혀지지 않고 있다.

다만 현재까지 연구된 결과에 의하면 화산의 분출은 크게 두 가지 형식으로 나눌 수 있다. 땅 표면에 생긴 균열을 통하여 용암이 분출하는 것은 '열하분출' 이라 한다. 이러한 균열에 의한 마그마의 분출은 호수나 연못에서 갈라진 얼음판의 틈을 따라 밑에 있는 물이 솟아 나오는 것처럼 비교적 조용히 상승하는 것으로 추정된다.

원통 모양의 구멍으로부터 용암을 분출하는 화산분출의 형식을 '중심분출' 이라 한다. 보통 화산을 형성하는 분출형식은 이에 속한다. 이때의 용암은 처음에 생성된 마그마가 상승하여 지표 가까이에서 분출된 것이다.

빙하는 어떻게 생겨났을까?

지구상의 빙하는 약 2만 5천 년 전에 끝난 마지막 빙하기에 남은 것들이 대부분이다. 위도가 높은 지역에 있는 빙하는 낮은 지역의 것보다 훨씬 느린 속도로 녹는다. 현재 약 25억km³ 가량의 얼음이 빙하 형태로 양극 부근 한랭한 지역에 남아 있다.

빙하의 생성 이론에는 몇가지 설이 있는데 그중 하나의 이론에 따르면 화산 활동이 격렬해지자 대기 속에 화산재가 대량으로 방출된 결과 지표에 닿는 햇빛이 줄고 모진 겨울과 여름이 몇 해나 계속되어 빙하가 생겼다고 기록되어 있다.

빙하는 거대한 얼음 천과 같다. 그 두께는 수십m에서 100m에 이르며 천천히 시간을 두고 긴 거리를 이동하면서 지표 모습을 조금씩 바꾸어 간다. 빙하가 바다에 도달해 말단부가 무너져 떨어지면 빙산이되는데 바다를 천천히 이동하는 동안 암석이나 토양 등을 휩쓸고 가므로 그 몫만큼 육지가 침식된다.

기온이 높은 지역에 도달하면 얼음이 녹으며 운반된 암석이나 흙 등이 남는다. 또 골짜기를 이동해 가면 그곳을 깎아 확대하며, 높은 산에 이르면 그 산자락을 이동시킨다. 각지에 '빙식호' 라는 호수가 있는데 이것은 그 옛날 빙하가 깎으며 지나간 자국에 물이 고여 생긴 호수이다. 빙하 밑뿌리에 있는 얼음은 대량의 얼음이 가하는 압력에 녹는데 녹은 물의 엷은 막 때문에 빙하는 움직이기 쉬워진다. 압력에 의하여 얼음이 녹는 것을 '복빙 현상' 이라고 한다.

물의 맛을 결정하는 것은 무엇일까?

물이 맛있다? 땀 흘리며 열심히 일한 후 마시는 시원한 물 한 잔의 맛은 딱 꼬집어 형용할 수 없지만 참 맛있다. 그런데 왜 맛있을까?

과학자들은 물의 맛이 온도와 밀접한 관련이 있어서 35~45℃의 미지근한 물은 맛이 없지만 13℃ 전후의 시원한 물과 70℃ 정도의 뜨거운 물은 맛있다고 한다.

하지만 물의 맛을 결정하는데 온도만이 결정적인 역할을 하는 것은 아니다. 물 속에 어떤 성분이 녹아 있느냐에 따라서도 물은 달라지기도 한다.

물 속에 칼슘(Ca^{2+})이나 마그네슘(Mg^{2+}) 이온이 많이 녹아 있으면 물 맛은 떨어진다. 때때로 쓴 맛이 나기도 한다. 이런 물을 센물이라고 하는데, 센물은 비누와 침전을 형성하기 때문에 거품도 잘 일지 않아 빨래도 잘 되지 않는다. 반면 이런 이온들이 없는 물을 단물이라고 하는데 물 맛도 좋고 또한 빨래도 잘된다. 센물을 단물로 만드는 방법은 센물에 석회(CaO)와 소다재(Na_2CO_3)를 넣으면 물 속에 있는 칼슘이온과 화학 반응을 일으켜 탄산칼슘($CaCO_3$)이 생기면서 단물로 변하게 된다.

물의 맛에는 센물과 단물 이외에도 매우 다양하다. 전국의 유명한 약수터의 물들이 그 예인데, 약수터 물이 독특한 맛을 내는 이유는 그 물 속에 철분, 불소, 무기질, 탄산가스들이 녹아 있기 때문이다. 혀 끝을 톡 쏘는 듯한 자극을 주는 물에는 탄산가스가 녹아 있어 그렇고,

주변에 붉은 빛을 띠는 것은 철분이 들어 있기 때문이다.

현재 유엔에서는 우리 나라를 물 부족 국가로 분류하고 있다. 우리 주변에 너무 흔해 자칫 그 소중함을 잊고 있었다면 이쯤에서 다시 한 번 물의 소중함을 자각할 때가 아닌가 싶다.

물이 표면부터 어는 이유는?

겨울이 되어 기온이 내려가면 호수나 강물도 온도가 떨어지게 된다. 강물 중 차가운 대기와 접한 표면의 물이 먼저 차가워진다. 차가워진 물은 밀도가 커져 아래쪽으로 가라앉게 되고 아래쪽에 있던 덜 차가운 물이 위로 밀려 올라오는 순환이 일어나 전체적인 물의 온도는 더욱 떨어지게 된다.

이런 원리로 본다면 항상 아래쪽에 더 차가운 물이 존재하므로 아래쪽부터 물이 얼어 나중에는 표면까지 얼어야 할 것 같다. 그렇게 되면 물 속에 사는 물고기는 모두 겨울이 되면 얼어 죽어버리고 말 것이다. 하지만 물이란 물질은 참 신기한 특성을 갖고 있다.

물은 4℃에서 그 밀도가 가장 크다. 온도가 낮아지면 물의 밀도가 증가한다. 그러다가 4℃가 되면 최대의 밀도를 보이고 온도가 더 낮아지면 오히려 밀도가 작아진다. 이는 얼음이 물에 뜨는 것을 보면 쉽게 알 수 있다. 그러므로, 기온이 섭씨 4℃ 아래로 내려가면 물의 순환이 멈춘다. 4℃의 온도를 갖는 물은 아래쪽에 자리잡고 있고 온도가 4℃보다 더 내려간 물은 오히려 밀도가 작아져 위쪽에 위치하는 것이다. 이렇게 되면 표면부터 물이 얼게 된다. 결국 한겨울에도 물고기가 살아남을 수 있는 것은 이와 같이 물의 특이한 성질 때문이다.

눈은 어떤 원리로 만들어지는 것일까?

겨울은 누구에게나 기다려지는 계절이다.

어린이들에게는 눈싸움을 할 수 있는 계절이고, 연인들에게는 낭만을 선사하는 계절이며, 눈처럼 하얀 머리색을 가진 노인들에게는 회상의 계절이기 때문이다.

이렇게 모든 이들에게 특별한 의미를 가져다 주는 겨울은 눈이 오는 계절이라 그 진가를 더한다.

그런 눈은 어떠한 원리로 만들어지는 것일까?

얼음 결정이 구름으로부터 내리는 현상을 일컬어 눈이 내린다고 한다.

눈 결정은 침상, 각주상, 판상 등 여러 가지 결정 모양을 나타낸다. 그 크기는 보통 2mm 정도이므로 돋보기를 쓰면 쉽게 관찰할 수 있다.

눈 결정은 내릴 때 서로 엉겨 눈송이를 이룬다. 눈송이의 크기는 보통 1cm 정도이지만 수천 개의 눈 결정이 서로 엉겨붙어서 된 수십 cm의 눈송이가 관측된 사실도 있다.

흔히 말하는 함박눈은 포근한 날에 잘 내리며, 눈송이가 크기 때문에 잠깐 동안에 온 세상을 하얗게 뒤덮는다. 매우 추운 날에는 큰 눈송이로 성장하지 못한 가루눈이 내린다. 함박눈은 끈기가 있어서 잘 뭉쳐지지만, 가루눈은 끈기가 없어서 잘 뭉쳐지지 않아 주로 스키장에서 필요로 한다.

눈 결정은 매우 섬세한 구조를 이루고 있어서 빛이 반사하거나 굴

절할 수 있는 면을 무수히 가지고 있다.

따라서 보통 눈은 희게 보이지만 공기 중에 부유하고 있는 먼지나 미생물이 붙으면 붉은색, 노란색 또는 검은색으로 착색되는 경우도 있다.

눈이 내리는 정도를 눈의 강도라고 하는데, 눈의 강도는 시정(지표면의 물체의 윤곽이 보이지 않게 되는 거리)이나 눈이 내려 쌓이는 모습을 보고 정한다.

차가운 수박이 왜 더 맛있을까?

여름철에 시원한 수박은 별미이다.

시원한 수박을 더욱 맛있게 먹으려면 어떻게 해야 할까?

수박이 맛있다는 것은 단맛이 많이 난다는 것이다. 즉, 수박을 맛있게 먹으려면 단맛이 많이 나게 해야 한다는 말과 상통한다.

단맛을 내는 것은 설탕이다. 이 설탕은 다당류로 소화과정에서 분해되어 포도당과 과당으로 변한다.

그런데 설탕과 포도당, 그리고 과당의 단맛에는 조금씩 차이가 있다. 과당이 제일 달고, 그 다음이 설탕이고, 포도당은 단맛이 가장 떨어진다. 그러므로 과당이 많을수록 과일의 맛이 달게 느껴진다.

과일 속에는 거의 예외없이 과당이 들어 있다. 과당에는 알파형과 베타형이 있다고 하는데, 베타형이 알파형보다 3배쯤 더 달다고 한다.

온도가 낮아지면 과일 속 과당의 알파형은 베타형으로 바뀌게 되는데, 이것이 적당히 차가워진 과일이 일반적으로 더 단 이유이다. 이는 우리 실생활 속에서 누구나 느껴본 경험일 것이다. 하지만 과일을 너무 차게 하면 혀의 감각세포가 둔해져 오히려 단맛을 느끼지 못한다.

얼음에 맨손을 댔을 때 달라붙는 이유는?

　냉동된 얼음이나 그릇에 맨손이나 혀, 살갗 등이 닿으면 달라붙는데 그 이유는 무엇일까?

　냉장고의 온도는 대단히 낮아서 냉동실에서 꺼내는 얼음이나 그릇의 경우 영하 수십도에 이르게 되어 이런 용기에 닿으면 급격히 온도가 떨어져서 물기가 있는 물체는 같이 얼어버리게 된다.

　우리가 손이나 혀로 냉동실에 있는 물건을 꺼낼 때 침이나 손가락 끝에서 분비되는 땀에 의한 수분이 얼음면과 맞닿아 일시적으로 얼어버리게 되는 것이다.

　이와 같이 아주 차가운 물체에 의해서 일시적으로 냉동되는 현상은 위와 같은 경우가 아니더라도 쉽게 볼 수 있다. 그 예가 바로 아이스 바를 꺼내어 봉지를 열면 일시적으로 아이스 바의 주위에 하얗게 얼음층이 생기게 되는 경우인데, 이것은 공기 중에 있는 수증기 입자가 아이스 바의 표면에서 얼어버리기 때문이다.

사막에서 검은 옷을 입는 이유는?

우리는 가끔 아랍 지방의 사람들을 텔레비전을 통해서 볼 수 있다. 사막에 사는 그들은 사시사철 푹푹 찌는 날씨에도 불구하고 검은 천으로 짠 헐렁한 옷을 입고 다닌다. 더운 사막에서 햇빛을 잘 흡수하는 검은색 계통의 옷을 입는 이유는 무엇일까?

이는 땀을 흘릴 때 바람이 불어주면 더욱 시원함을 느끼는 것과 같은 원리이다.

검은색 옷을 입으면 흰색 옷을 입었을 때보다 옷 안의 온도가 6℃ 가량 상승한다고 한다. 그렇게 온도가 높아진 옷 안의 공기는 온도 차에 의한 대류 현상으로 헐렁한 옷의 윗부분으로 빠져나간다. 그리고 그보다 차가운 바깥의 공기가 옷 안으로 스며들어 온다.

그런 식의 공기 순환은 옷 내부와 외부 사이에 물 흐르듯이 일어나기 때문에 몸 주위에 항상 바람이 부는 것과 같은 효과를 일으킨다. 그렇게 하면, 땀의 증발이 활발하게 일어나 기화열로 인하여 시원하게 된다.

따라서 무더운 여름에는 흰색 옷보다는 검정 계통의 옷을 입는 것이 생활의 지혜라 말할 수 있다.

2

하늘 별 우주
그 특별한 세상

하늘을 보며 인간은 날고자 했고 이제 지구 너머 우주를 정복하려고 한다.
우주의 끝은 어디인지, 우주 어딘가에 지구처럼 생명체가 살고 있는 또 다른
행성을 찾는 인간의 노력 앞에 광활하고 신비에 싸인 우주가 하나하나 그 모
습을 드러내고 있다. 이제 인간의 꿈이면서도 인간의 발 밑에 정복하려고 한
우주의 실체가 드러나고 우주의 진실을 엿보게 된다.

하늘의 색은 왜 파란색일까?

파란 하늘을 보고 있노라면 우리네 마음도 파랗게 되는 느낌을 받는다.

그렇다면 왜 하늘은 파란색일까?

지구의 대기에는 질소, 산소 등 아주 많은 기체 분자가 떠 있다. 태양 빛이 이러한 분자에 부딪치면 여러 방향으로 흩어지는데, 이를 산란이라고 한다. 이와 같은 산란효과로 인하여 지표에 도달하는 태양복사 에너지량은 감소한다.

가시광선의 파장은 기체분자의 반경보다도 훨씬 크기 때문에, 파장이 짧은 광선일수록 기체 분자에 의해 더욱 강하게 산란된다. 즉, 가시광선에서 빨간색의 파장은 약 $0.71\mu m$이고, 파란색은 약 $0.45\mu m$이므로 파란색의 광선은 빨간색보다 더 많이 산란된다. 따라서 하늘은 산란된 파란색 파장에 의해 푸르게 보이는 것이다.

그러면 하늘은 왜 가시광선 중 파장이 가장 짧은 보라색으로는 보이지 않느냐 하는 반문을 가질 수 있다. 그 이유는 바로 보라색 부분의 에너지는 파란색 부분의 에너지보다 작기 때문에 보라색 부분의 빛은 두꺼운 대기층을 통과하기 전에 에너지를 잃어 우리 눈에 도달하지 못하는 것이다. 이런 이유로 고도가 높아질수록 하늘의 색은 보라빛을 띠게 된다.

별은 어떻게 생겼을까?

까만 밤 하늘에 총총 떠 있는 별들은 어떻게 해서 생겨나는 것일까?

과학이 발달하지 않았던 옛날에는 관측이 불가능했지만 요즘은 전 파나 적외선을 이용하여 여러 천체들이 발견되었다.

별이 태어나는 곳은 성간분자운이라 불리는 짙고 차가운 먼지구름 속이다. 이곳은 지구에서 말하는 진공보다 훨씬 더 비어 있고, 입자들 이 아주 성기게 모여 있다.

먼지구름 속에는 검고 짙은 덩어리가 관측되는데, 이것들은 암흑성 운 형태를 이루고 있으며 질량도 태양의 수십 배에서 10분의 1 정도 되는 것까지 있다.

이것을 별의 포자라고 한다.

이런 포자들은 차츰 주위의 다른 포자들을 모아 커지면서 태양의 수십 배에서 수백 배의 가스덩어리가 되는데, 이 가스의 밀도가 고르 지 못하면 진한쪽으로 몰리게 되고, 중심부에 집중되면 자기자신의 중력에 의해 수축되기 시작한다.

이것이 원시성이다.

별의 탄생을 요약해서 이야기 하자면 다음과 같다.

① 우주 공간에 가스가 흩어져 있다가 가장 밀도가 큰 부분에 가스 가 모인다.

② 가스가 모여들면 밀도가 높아져 가스 덩어리 중심부의 온도가 올라간다.

③ 회전을 하기 시작한 별의 포자들은 중심부의 온도가 높아지면서 가스가 위 아래로 분출하는데, 이것이 원시성이 탄생하는 과정이다.

④ 원시성은 이 과정을 거친 뒤에 정상적인 별이 되는 것이다.

오로라는 무엇일까?

라틴어에서 '새벽'이라는 뜻을 지닌 오로라는 지구의 남극과 북극 모두에 나타나는 현상으로 '극광'이라고 한다.

오로라는 널리 알려진 현상이지만 그 자체에 관해서 알려진 내용은 극히 한정적이다. 강한 빛이 아니므로 북극권이나 남극권의 아주 한정된 지역에서만 관찰할 수가 있다

오로라의 생성 원인은 자기폭풍과 태양에서 오는 대전입자에 관계되는 것으로 보고 있다. 오로라의 발광은 태양에서 방출하는 대전입자가 기체를 이온화시킴으로써 나타나는 것이다.

태양흑점이 가장 커질 때 오로라의 빛 속에 수소원자에서 나오는 스펙트럼이 검출되는 경우가 있는데, 이것은 태양에서 날아오는 수소원자에서 직접 나오는 것으로 스펙트럼선에 나타난 도플러효과로부터 1시간에 평균 약 500km의 속도로 수소원자가 태양으로부터 대기층에 침입해 오고 있는 것을 알 수 있다.

이러한 오로라의 활동은 태양의 활동과 밀접한 관계를 갖고 있고, 출현빈도의 극대는 태양흑점의 약 10년 주기의 극대기 다음해에 나타난다.

오로라의 빛깔에는 황록색, 붉은색, 황색, 오렌지색, 푸른색, 보라색, 흰색 등이 있다. 저위도 지방에서 나타나는 붉은색 오로라는 산소에서 나오는 빛에 의한 것인데, 고위도 지방의 호상 오로라의 최하한에 나타나는 붉은색은 질소에 의한 것이다.

오로라의 밝기는 은하보다 약한 것부터 1등성밖에 볼 수 없는 새벽녘에도 볼 수 있는 것까지 폭넓게 변화하며, 가장 약한 것의 광도를 1이라 하면 가장 강한 것은 1만 정도의 값이 된다.

　오로라의 하한고도는 드물게 1,000km 이상에 이르는 것도 알려져 있으나 대부분은 90~150km 범위에 있다. 나타나는 시기와 모양에 따라 고도가 다르고, 상하의 범위도 200~250km, 드물게 1,000km에 이르는 경우도 있다. 호상 오로라의 범위를 지도상에 그려 보면 지자기의 위도권과 약 10° 경사를 가지고 동서방향으로 펼쳐져 있다.

블랙홀이란 무엇인가?

블랙홀(black hole)이란 물질이 중력에 의해 수축을 일으켜 그 크기가 극단적으로 줄어든 천체를 말한다. 이러한 블랙홀과 같이 물질이 극단적인 수축을 일으키면 그 안의 중력이 무한대가 되어 그 속에서는 빛, 에너지, 물질 그 어느 것도 탈출하지 못하게 된다.

블랙홀의 생성에 대해서는 다음과 같은 두 가지 설이 있다. 첫째는 태양보다 훨씬 무거운 별이 진화의 마지막 단계에서 강력한 수축으로 생긴다는 것이다. 둘째는 약 200억 년 전 우주가 대폭발(Big Bang)로 창조될 때 물질이 크고 작은 덩어리로 뭉쳐서 블랙홀이 무수히 생겨났다는 것이다.

블랙홀의 크기는 여러가지가 있을 수 있다. 일반적으로 무거운 것일수록 더 커진다. 작은 것은 수km에서 수십억km까지 여러개가 존재할 수 있다.

블랙홀에서 꼭 하나 짚고 넘어 가야 할 점은 블랙홀은 정말 모든 물체를 빨아들이는가 하는 것이다. 블랙홀에서 말하는 블랙(black)은 아주 강력한 중력의 힘으로 빛까지도 끌어 당긴다는 것을 의미한다. 이런 의미에서 어쩌면 지구가 블랙홀로 계속 끌려가고 있는지도 모른다. 물론 지구가 끌려가는 속도가 워낙 천천히 이루어지고 있기 때문에 느끼지 못하는 것으로 생각할 수 있다.

외계인은 실제 존재하는 걸까?

우주인·이성인이라고도 하는 외계인은 실제 존재하는 걸까?

해외토픽에 등장하는 비행물체 등을 볼 때마다 사람들은 UFO 정체에 대해 많은 관심을 가졌다.

하지만 아직까지는 외계인의 정체에 대해서는 미스테리다.

세계에서 처음으로 지구 이외의 천체에도 인간이 살고 있다고 주장한 사람은 16세기의 철학자 G.브루노였다. 그의 독자적인 우주관은 이단이라 하여 그 자신도 끝내는 화형에 처해졌다. 그러나 그의 생각은 그리스도교 신학에 영향을 받은 예로부터 내려온 생물학의 압박에도 불구하고 그후에도 뿌리깊게 살아 있다.

그리하여 C. 다윈의 진화론과 새로운 태양계 기원설을 거친 현대에는, 은하계에는 5억~10억의 지구형 행성이 있다고 추정되고 있으며, 거기에는 지구인과 동등하거나 또는 더욱 진보된 문명을 가진 외계인이 존재할 것이라는 것이 어느 정도 근거 있는 과학적 추측으로 되어 있다. 이와 함께 외계인의 형태도 진화론에서 생각하여 우리 지구인과 닮은 형태, 즉 직립하며, 머리에는 뇌와 눈·코·입·귀 등의 여러 기관이 모여 있고, 두 팔과 다리를 가졌을 것으로 생각되고 있다.

또한 H.G. 웰스는 우주전쟁을 통해 처음으로 과학적인 근거를 가진 외계인을 생각해 냈다. 여기에 그려진 화성인은 거대한 눈과 입을 가진 지름 1.2m나 되는 머리에 16개의 채찍 같은 촉수가 난 문어형의 생물로 그후의 공상적인 외계인의 전형이 되었다.

이것은 화성의 작은 중력과 적은 산소, 또 고도로 발달된 동물이 진화 도중에 거치는 형태(뇌·심장·폐의 거대화) 등을 고려하여 생각해 낸 것으로, 당시로서는 그 나름대로 논리적인 타당성이 있었다. 1982년 미국에서 기록적인 장기간의 상영과 흥행성적을 올리고, 세계적으로 선풍을 일으킨 영화 E.T도 일종의 외계인을 그린 것이다.

현재에는 우주로켓에 의한 관측과 천문학의 발달로 지구 이외의 태양계의 여러 행성에는 외계인이 존재하는 가능성이 없다고 하지만 단정할 수도 없는 일이다.

외계인의 유무에 대한 과학적 연구는 앞으로도 계속 지속되어야 할 것이다.

무중력 상태에서 몸의 변화는 어떨까?

중력이 없는 상태에서 우리 몸은 여러 가지 변화가 일어난다.

우선 얼굴이 붓고 허리와 다리가 가늘어진다. 피가 위로 많이 쏠리기 때문이다. 지상에서는 중력 때문에 심장보다 아래쪽으로 피가 많이 가지만 중력이 없어지면 아래쪽에는 상대적으로 피가 덜 간다.

이런 이유로 머리나 목은 혈관이 확장하며 부어 오르고 반대로 허리와 다리는 가늘어지는 것이다.

또 키가 커진다. 서 있을 때 척추 등 뼈마디를 잡아당겨 압착시키는 힘이 없어지기 때문이다.

보통 사람은 자고 일어난 아침에 저녁 때보다 2cm 정도 크게 되는데, 잘 때 오래 누워 있어 압착됐던 척추뼈 사이가 늘어나기 때문이다.

우주 공간에서 오래 지내면 지구상에 있을 때보다 5cm 정도 더 커지기도 한다.

이 이야기를 듣고 비만과 작은 키로 인해 고민하는 청소년들은 귀가 솔깃해질 수도 있으나 모든 일이 그렇듯 장점만을 지니고 있지는 않다.

뼈는 칼슘이 자꾸 빠져나가 약해지게 된다. 중력이 있을 때보다 뼈가 힘을 덜 받아 여기에 적응하려는 생체반응이 저절로 일어나는 것이다.

우주정거장에서 1년 정도 있다 내려오면 뼈가 몹시 약해져 서 있지 못하고 몇 주일 동안 병원에서 눕거나 앉아서 지내야 하는 불편을 겪어야 한다.

또한 몸의 균형을 잡는 것도 힘들어진다. 귀 속에는 세반고리관이란 것이 있어 사람이 방향과 위치를 느끼고 균형을 잡게 하는데, 무중력 상태에서는 몸의 균형을 잘 잡지 못하고 심하면 멀미도 하게 된다.

이런저런 변화 때문에 우주공간에서 1년 이상 지내기는 힘들다. 때문에 오가는데 2년이 걸리는 화성까지의 여행은 아직 불가능하다.

무중력 상태에서 촛불을 켜면 어떻게 될까?

보통의 상태에서 촛불을 태우면, 초는 연소하면서 빛과 열, 이산화 탄소와 수증기를 내뿜으며, 뾰족한 달걀 모양과 흡사한 모양의 불꽃 이 생긴다. 그 이유는 연소로 발생하는 열에 의한 공기의 부상과 대류 현상 때문이다.

연소할 때 발생한 열은 촛불 주변의 공기를 팽창시켜 그 공기의 밀 도를 줄여서 불꽃 위로 올라가게 한다. 또한 뜨거워진 공기가 올라가 서 생긴 이 빈자리는 주변의 차갑고 산소가 풍부한 신선한 공기로 채 워지게 되는데 이를 대류 현상이라 한다. 이로 인해 불꽃 아래 주위로 공기가 모여들어 뾰족한 불꽃 모양의 연소를 계속하게 된다.

그렇지만 중력이 거의 없는 상태에서 불꽃은 구 모양이 된다. 그 이 유는 연소시 발생한 열에 의해 뜨거워진 공기의 부상과 대류 현상이 일어나지 않기 때문이다. 뜨거워진 공기가 올라가고, 그 자리에 밀도 가 큰 주변의 차가운 공기가 들어오려면 밀도 차로 인한 공기의 부상 과 대류가 발생해야 한다.

그런데 중력이 없는 상황에서는 밀도 차가 발생하지 않기 때문에 이로 인한 공기의 움직임이 발생하지 않는다. 때문에 공기의 움직임 이 없는 상황에서는 불꽃 주변의 공기가 고른 비율로 연소되면서 구 모양의 불꽃을 형성하게 되는 것이다.

벼락, 피하는 게 상책인가?

가끔 신문지상이나 뉴스를 통해 골프장에서 벼락을 맞고 사망한 사고가 알려지곤 한다. 다른 곳도 아닌 골프장에서 번개에 의한 인명 사고가 자주 발생하는 것은 무슨 이유 때문일까?

골프장은 대부분 평지이거나 낮은 구릉이다. 음전하의 덩어리가 지상으로 내리칠 때는 가장 짧은 경로를 찾는데 평지에서 골프채를 가진 사람은 일단 번개의 표적이 되기 쉽다. 번개는 전하(정전기의 양)가 많이 모여 있는 뾰족한 곳을 찾기 때문이다.

번개가 칠 때 가장 안전한 곳은 피뢰침이 있는 건물 내부라고 할 수 있다. 하지만 건물 내부에서도 주의해야 할 일이 있으며, 더욱이 실외라면 어떻게 몸을 피해야 할지 알아둘 필요가 있다.

평지나 산 위에서 번개를 만났을 때는 몸을 가능한 한 낮게 하고 우묵한 곳이나 동굴 속으로 피해야 하며, 나무 밑은 벼락이 떨어질 가능성이 가장 큰 위험지대이다.

자동차에 타고 있을 경우에는 차를 세우고 차 안에 그대로 앉아 있는 것이 안전하다. 차에 번개가 치면 전류는 전도율이 큰 차 표면을 따라 흘러 타이어를 통해 지면에 접지된다.

또한 집안에서는 상수도 관이나 전선을 따라 전류가 흐를 수 있으므로 주의해야 하며, 번개가 칠 때 전화 통화를 하고 있거나 샤워기로 목욕을 하면 번개를 유도할 수도 있으므로 주의해야 한다.

실례로 버지니아주에 살았던 로이 설리번이라는 공원 순찰대원은 벼락을 일곱 번이나 맞은 사나이다. 그때마다 설리번은 부상을 입었는데, 처음에는 발톱 하나를 잃었으며, 그후에는 눈썹이 타고, 어깨가 그슬리며, 머리에 불이 붙고, 다리에 화상을 입기도 했지만 살아 남았다. 만약 벼락이 심장이나 척수를 통과했다면 그는 살아 남지 못했을 것이다.

지상에서 가장 강력한 바람은?

바람에는 머리카락이 가볍게 날리는 미풍도 있고 무서운 폭풍우를 동반한 태풍도 있다. 그런데 규모는 작지만 그 위력이 태풍보다 훨씬 무서운 바람으로 토네이도(tornado)가 있다.

토네이도는 '회전한다'는 뜻의 스페인어에서 유래한 일종의 회오리 바람이다.

토네이도는 시속 최대 500km까지의 풍속을 가진 것도 있으며, 찬 공기와 더운 공기가 만날 때 발생하는 것으로 그 힘이 얼마나 강력한지 밑부분의 일부가 깔대기 모양으로 쳐지면 바다에서 물기둥이 솟아 올라 물고기까지 빨려 올라간다. 또 육지에서 발생할 때는 물기둥이 생기지 않지만 벽돌집이 파괴되고 자동차가 날라 올라갈 만큼 강력한 파괴력을 보인다.

미국이나 호주 등에서 자주 발생하는 토네이도는 그 지름이 200m 정도에 불과하지만 그 위력은 지구상의 바람 중에서 가장 강력한 것이다.

쌍무지개는 어떻게 생기는 걸까?

우리의 기억 속에 간직된 무지개는 어떤 모양인가. 우리가 알고 있는 것이 무지개의 진짜 모습일까. 햇빛이 공중에 떠있는 물방울 속으로 들어가면 빛의 경로는 꺾인다.(이를 굴절현상이라고 한다.) 빛의 꺾이는 정도는 빛의 색깔마다 다른데 보라색이 빨간색보다 더 많이 꺾인다. 물방울에 들어가기 전의 햇빛은 모든 색깔의 빛이 혼합되어 있는 백색광이지만, 이 백색광이 물방울로 들어가면 색깔별로 그 꺾이는 정도가 달라 퍼진다. 프리즘을 통과한 빛에서도 무지개를 볼 수 있는 것도 이 때문이다. 그러고 보면 물방울은 작은 프리즘인 셈이다.

색깔별로 구분된 채로 물방울 안에서 진행하던 빛은 물방울과 공기의 경계면에서 반사한다. 물론 그중 일부는 공기 중으로 꺾여 나간다. 이때 빛이 공기와의 경계면으로 들어가는 각도와 반사하는 각도는 같다. 반사된 빛은 다시 물방울 속에서 진행하다가 다시 공기와의 경계면과 만나면 일부는 반사하고 일부는 공기 중으로 꺾여서 물방울 밖으로 그 모습을 드러낸다. 이것이 우리가 보는 무지개다.

이때 덜 꺾인 빨간색 빛은 아래쪽으로, 많이 꺾인 보라색 빛은 위쪽으로 나온다. 물방울로 들어 온 햇빛과 물방울에서 나오는 빨간색 빛 사이의 각도는 42°, 보라색 빛은 40°쯤 된다. 즉 빨간색이 보라색보다 2° 정도 아래쪽에 있다. 만약 물방울 속에서 두 번 반사된 빛이 꺾여 나오면 2차 무지개가 나타난다. 세 번 반사되면 3차 무지개도 나타날 수 있다는 얘기다. 하지만 물방울 속에서 진행하는 빛은 물방울 경계면에서 반사되고 굴절되면서 빛의 양이 감소한다. 따라서 2차 무지개는 1차 무지개에 비해 빛의 양이 줄어든 상태이므로 1차 무지개보다 흐리게 나타난다. 무지개가 만들어질 때는 대부분 쌍무지개가 만들어지지만 거의 관찰되지 않는 이유는 바로 그 때문이다.

하지만 가끔은 쌍무지개를 관찰할 수 있는 행운이 주어진다. 언제 이런 행운을 만날 수 있을까. 간단히 말하면 무지개를 선명히 볼 수 있을 때 쌍무지개를 볼 수 있다. 즉 무지개를 만드는 물방울의 크기가 크면 빛을 모으는 양도 커진다. 대개 지표 부근의 물방울이 상층의 물방울보다 크기 때문에 더 많은 햇빛을 모을 수 있다. 이런 경우 1차 무지개는 물론 진하게 보이고 2차 무지개도 쉽게 볼 수 있다.

1차 무지개의 경우 햇빛과 물방울 사이의 각도가 빨간색인 경우 $42°$, 보라색인 경우 $40°$인데 반해 쌍무지개에서 나타나는 2차 무지개는 빨간색이 $51°$, 보라색이 $54°$다. 따라서 1차 무지개와 2차 무지개 사이의 간격은 크게 벌어져 있고, 2차 무지개의 폭이 더 넓다는 것을 알 수 있다.

무엇이 오존층을 파괴시키는가?

오존층 파괴 원인에는 여러 가지가 있겠지만 할로겐 가스, 프레온 가스가 그 주된 원인이다.

먼저 할로겐 가스는 오존층 파괴 물질로서 최근에는 규제 대상 물질로 되어 있다. 이는 프레온 가스와 비슷한 물질로, 프레온 가스에 함유된 염소 대신 브롬이 함유되어 있다. 브롬과 할로겐의 관계는 염소와 프레온 가스와의 관계와 같다. 할로겐 1분자 당 오존 파괴능력은 최고 프레온 가스의 경우보다 10배 정도 많다. 브롬은 잘 연소되지 않는 성질을 갖고 있기 때문에 그 불연성을 이용하여 특히 소화기용 소화제로서 사용되고 있다.

현재 할로겐은 세계 최고의 소화수단으로 알려져 있다. 시판되는 2종류의 주요 할로겐 중, 할로겐 1301은 컴퓨터 룸, 전화교환기, 은행 금고실 등의 폐쇄된 실내에서의 소화에 사용된다. 할로겐 1301은 독성이 없기 때문에 노동자가 농도 7%의 가스가 들어 있는 실내에서 어떠한 부작용도 없이 약 15분간 작업할 수 있다. 특히 할로겐 1301은 효과적인 방화제이기 때문에, 누군가가 라이터를 사용해도 불꽃은 나오지만 불은 붙지 않는다.

다음 프레온 가스는 화장품 등 스프레이 제품의 가스, 냉장고나 냉각기의 냉매, 소화제, 반도체 등 전자제품이나 정밀기계의 제조용 세정제 등에 폭넓게 사용되는 물질이다. 프레온 가스가 광범위하게 사용되는 것은 다음과 같은 우수한 성질을 지녔기 때문이다.

같은 정도의 분자량을 갖는 유기화합물과 비교하여 비점이 극히 낮으며, 인체에 대해 독성이 적다.

또한 무색, 무취, 불연성으로 폭발하지 않으며 산이나 알칼리에 대해 안정적이다.

그밖에 기름을 잘 녹이며 표면장력이 작다.

프레온 가스는 안정적인 물질이기 때문에 대류권에서는 거의 분해되지 않는다. 따라서 성층권까지 확산되어 가며 그곳에서 강한 자외선을 받아 분해되는데, 성층권까지 가는 것은 극히 일부이다. 그 때문에 대기중의 프레온 가스의 평균 수명은 70~550년까지 그 폭이 넓다. 프레온 가스가 자외선에 의해 분해되면 염소원자가 발생, 그 염소가 오존층을 파괴하게 된다.

기타 현재 제조되고 있는 물질 중 오존층을 파괴시킬 수 있는 원인 물질로서는 사염화탄소, 메틸클로로포름이 있다. 이 두 물질은 프레온 가스에 필적하는 오존층 파괴능력을 갖고 있고, 규제 대상이 되어 있는 물질이다. 사염화탄소는 프레온 가스나 합성고무생산의 원료로서 사용되는 것이며 메틸클로로포름은 각종 산업용 세정제로서 사용된다. 생산, 소비량이 많기 때문에 오존층에 대해 전혀 영향이 없다고는 할 수 없다.

1985년, 영국의 남극관측대 대기물리학자는 남극 할리배이 상공의 오존량이 1977년부터 1984년에 걸쳐 봄철이 되면 반드시 감소하고 그 감소량은 증대하는 경향이 있음을 발견하였다. 1975년까지는 오존량 200DU 이하인 지역이 나타나기 시작했고 현재는 대륙 전체가

200DU 이하의 오존홀로 덮여 있다.

남극에서 특히 현저한 오존층 파괴가 일어나는 것은, 남극에는 특유한 기상현상이 나타나기 때문인 것으로 알려져 있다. 그리고 그 원인물질은 프레온 가스에서 기인된 염소라는 것도 분명해졌다.

북극 주변과 지구 전체의 오존변화를 살펴보면 오존의 감소가 일반적으로 성층권의 기온을 저하시키는 것으로 알려져 있기 때문에 이것이 얼음의 미립자 생성을 더욱 촉진하게 되면 오존층의 파괴가 어느 단계 이후에는 가속도적으로 진행될 가능성도 배제할 수 없다. 따라서 남극 이외의 지역에 있어서도 그와 같은 조건이 주어지면 앞으로 남극 규모의 오존홀이 그곳에 형성될지도 모른다는 것이다.

북극의 성층권 대기 성분을 상세히 분석한 결과 남극의 겨울철과 마찬가지로 북극에서도 얼음 미립자가 생성되고 있음을 알게 되었고 게다가 다른 지역의 수십 배에 달하는 고농도의 일산화 염소가 검출되었기 때문에 오존층 파괴의 원인이 역시 프레온 가스의 오염에 있을 것이라고 추정하고 있다. 그러나 이것이 현재 대규모의 오존홀로 발전하지 않은 점에 대해서는 북반구에서는 근본적으로 그다지 안정되어 있지 않기 때문에 겨우 이를 모면할 수 있는 것은 아닐까하고 생각하고 있다.

오존층이 파괴되면 어떻게 될까?

먼저 오존층이 파괴되면 햇빛 속에 있는 자외선이 차단되지 않고 지구에 도달한다.

생체를 구성하는 유기화합물은 자외선이 도달하면 화학반응을 일으킨다. 결국 그 세포는 돌연변이를 일으키거나 죽어버리게 된다. 오존층의 파괴로 피부암이 증대되는 것은 이미 널리 알려진 사실이다. 일반적으로 자외선이 1% 증가하면 피부암은 4~6% 증가하는 것으로 되어 있다.

또한 지구생태계에도 크게 영향을 미친다.

자외선 증가는 농작물의 수확량을 감소시키고 이는 전지구적인 식량부족 문제를 일으킨다. 자외선이 식물에 미치는 영향을 보면, 벼의 경우 오존층이 8~11.5% 감소했을 때의 자외선을 조사한 야외실험에서는, 가장 감수성이 높은 벼 품종의 경우 수량이 매우 감소한 것으로 나타났다.

현재 오존층파괴를 방지하기 위해 프레온의 방출량을 규제하고는 있지만 이렇게 규제한다고 해서 대기가 원래상태로 바로 돌아가는 것은 아니다. 오존층이 원래의 상태로 회복되는 데에는 약 100년이 걸리는 것으로 알려져 있다. 결국 앞으로 100년간은 자외선의 영향을 계속 받게 되는 것이므로 자외선에 강한 식물의 품종을 개량하는 것이 무엇보다 필요하다.

산성비가 뭐야?

보통의 비는 pH5.6 전후지만 황산화합물, 염산, 산성의 에어로졸 등이 구름 속에서 흡수되거나 빗방울에 붙으면 pH2~4의 극히 산성이 강한 비가 내리는데 이를 산성비라고 한다.

산성비에 의해 토양이 산성화되면 식물과 토양 미생물의 상호작용이 저해되어 식물의 생육에도 지장을 준다. 산성비는 호수나 하천의 물을 산성화하고 거기에 살고 있는 어류에도 영향을 준다.

작게는 pH5.5 이하의 비를 산성비라고 하지만 일반적으로는 습성산성강하물 전체를 말하는 경우가 많다. 즉 단지 산성의 비뿐만이 아니라 산성의 안개 및 안개상의 물질도 포함된다. 산성비에 의한 삼림피해의 경우 이들 모든 산성강하물을 대상으로 해야 한다.

지구상의 물은 늘 순환하고 있다. 지표 부근의 여러 곳에 존재하는 물은, 증발에 의해 수증기가 되어 대기중으로 옮겨가고, 이것이 뭉쳐구름을 만들고 비나 눈이 되어 땅으로 떨어진다.

대기중에서 뭉친 물방울에는 대기중에 있는 각종 물질이 흡수되거나 용해되고 비가 되어 지표로 돌아온다. 따라서 대기의 오염은 오염된 비를 만들고 지표의 토양이나 하천 등을 오염시키게 된다. 프레온가스, 할로겐 가스, 사염화탄소 등은 물에 거의 녹지 않기 때문에 빗물에는 거의 내포되어 있지 않다.

이산화탄소가 물에 녹으면 탄산수가 되고 약 산성을 띠게 된다. 따라서 맑은 공기의 지역에서 내리는 비일지라도 pH가 5.65 정도의 약

산성이 되는데, 이것은 물론 산성비라고 하지 않는다. 또한 최근 대기 중의 이산화탄소 농도가 증가하고 있으나 이에 의해 pH값이 변하지는 않는다. 산성비라고 하는 것은 이산화탄소가 용해된 비보다도 훨씬 산성이 강한 비를 말하는 것이다.

산성화에 의해 담수계의 성분이 변화하고 이는 다시 생물에 영향을 준다. pH가 낮은 호수일수록 알루미늄 농도가 높고, 생물 피해가 커지는 경향이 있다. 산성비 중의 황산이나 질산에 의해 호수, 하천, 토양 중의 물이 산성화하면 토양이나 암석 중에 있는 알루미늄도 용출되어 간다. 단, 토양이나 암석 중에 있는 칼슘이나 마그네슘 등이 다량 함유되는 석회암 지역에서는 칼슘이나 마그네슘의 용출이 우선적으로 일어나기 때문에 산성화의 진행이나 알루미늄 용출이 억제된다. 그러나 비석회질 화강암 지역 등에서는 특히 산성화가 진행되기 쉽고 알루미늄의 용출이 일어나기 쉽다. 겨울철에 산성의 눈이 다량으로 내리는 지역에서는, 봄철이 되어 눈이 녹을 때 산성눈이 일시에 녹아나오게 되고 하천의 pH는 급속히 변하게 된다.

인위적인 산성비는 런던 스모그 사건 이후 주목되기 시작하였다. 아황산가스를 함유한 안개로 둘러싸인 런던에서 약 4,000명이 사망했고, 그후의 사망자까지 합치면 모두 8,000명이 희생되었다.

1959년에는 노르웨이에서 담수어 감소가 보고되었는데 그 원인은 산의 침식 때문인 것으로 알려졌다. 이는 호수 생태계에 대한 산성화의 영향에 관한 최초의 보고인 셈이다.

인구가 증가하고 산업시설이 증대되면서 사소한 인간의 부주의로 인해 국지적으로 인위적인 산성비에 의한 재해를 입는 사례가 많아지고 있다. 비닐 제조공장에서 화재가 발생하여 이 공장에서 사용하고 있던 염소가스가 흘러나온 사고도 발생하였다. 염소가스는 대기중에 존재하는 수증기나 다른 물질과 화학반응하여 쉽게 염산으로 변하는 특성을 가지고 있다. 이 결과 이 공장에서 수km 떨어진 곳에서는 산성비 때문에 수출용 자동차 수천 대의 도장이 벗겨지는 등의 피해를 입은 적도 있다.

산성비를 방지하려면 인위적인 구성물질의 배출을 줄이는 것이 최상의 방법이다. 구성물질로는 염산가스, 이산화황 등이 대기중에서 광산화 반응함으로써 생성되는 물질에 의해 산성비가 형성된다. 이들 물질은 주로 선진국형에서 나타나는 오염물질로서 각종 자동차의 배기, 공장의 굴뚝 등에서 나오는 배기가스가 주원인이 된다. 따라서 산성비를 막기 위해서는 이와 같은 에너지원 대신 환경에 영향을 미치지 않는 새로운 대체에너지가 필요하다. 하지만 현 실정으로는 각종 규제를 정하여 그 기준에 맞게 배출허용량을 강제적으로 규제하는 것이 필요하겠다.

온실효과란 무엇인가?

지구온난화는 이산화탄소를 중심으로 메탄, 질소산화물, 프레온 가스 등 인류가 자연계로 방출하고 있는 여러 기체의 대기중 농도가 증대되고 있기 때문에 생긴다.

이와 같은 온난화를 일으키는 기체는 일반적으로 온실효과 기체라고 한다.

이같은 환경 변화는, 인류에 의한 자연의 물질적 평형의 파괴가 열적 평형의 파괴를 유발함으로써 나타나는 것으로 이것이 인류에게 재해 형태로 나타날 때 이는 대표적인 인위적 재해에 속하는 것이다.

이 열적 평형의 파괴는 이상기상이나 사막화의 진행을 통해 인류를 포함한 지구생태계의 평형을 파괴시킬 가능성이 높은 것으로 예측되고 있어 오존층 파괴 못지 않게 인류의 주요 관심사가 되고 있다.

전 지구의 평균 지상기온은 15℃로 인간과 생물이 생활하기에 적당한 환경이다. 이 균형적인 기온은 대기중의 이산화탄소, 수증기 등 적외선을 흡수하는 기체, 즉 온실가스가 큰 역할을 하고 있다. 하지만 이 온실가스가 증가하면 대기권의 기온이 상승해서 온난화가 된다.

태양빛의 파장은 $0.2 \sim 2 \mu m$(마이크로미터)의 범위이나 에너지의 대부분은 $0.4 \sim 0.8 \mu m$의 가시광선 영역에 집중되어 있다. 이에 반해서 지구가 방출하고 있는 적외선의 파장은 $4 \sim 30 \mu m$의 범위에 있다. 대기는 가시광선은 잘 통과시키지만 적외선은 $8 \sim 12 \mu m$의 파장대를 제외하고는 잘 통과시키지 못한다.

적외선을 흡수하는 온실효과 가스가 증가하면 대기권의 적외선 흡수량이 증가하여 기온이 상승하게 된다.

이와 같이 가시광선은 통과시키고 적외선을 흡수해서 열을 밖으로 나가지 못하게 함으로써 보온작용을 하는 것을 대기의 온실효과라고 하며 실제의 온실에서의 보온작용과는 원리가 다르다.

지구온난화는 무서운 일인가?

지구온난화에 의한 온도 상승과 토양의 건조화로 미국 동부에서 많은 수종이 그 남한계에서 말라 죽고 있으며, 그 남한계가 수백~1,000km 북상하게 된다. 한편 북한계는 수목의 이동속도가 느리기 때문에 북쪽으로 100km 정도 이동되는 것으로 그치게 된다. 그 결과 수목은 남한계에서는 40~100% 감소하고, 북한계에서는 성장속도가 빠른 광엽수림으로 대체되어 증가하게 된다.

또한 지구온난화가 지속되면 해수 자체의 팽창에 의해 해수면이 상승한다. 해양의 어느 깊이까지 온도가 상승할지, 해류가 어떻게 영향을 줄 것인지 등에 대해 아직 알지 못하는 부분이 많지만 최근의 계산 결과로는 해수면이 40cm 상승하는 것으로 되어 있다.

혹은 알프스 및 알래스카의 산악빙하가 녹아 해수면이 상승될 수 있다. 이 빙하가 모두 녹으면 해수면이 약 60cm 정도 상승하게 되는데 21세기에는 20cm 정도 해수면 상승이 있을 것으로 예측된다. 또한 지구의 평균기온이 상승하면 각종 이상기상 현상이 나타난다. 대표적인 예로 태풍의 대형화를 들 수 있다. 표면 해수온도와 태풍 발생 지역의 관계를 조사한 결과에 의하면 해수온도 26.5℃인 해역과 태풍이 될 가능성이 있는 열대성저기압 발생 해역이 일치하고 있다. 그리고 해수온도가 26.8℃ 이상이 되지 않으면 태풍의 발생에 필요한 에너지를 얻을 수 없다는 연구보고도 있다.

보이저호는 어디로 갔을까?

NASA(미항공우주국)는 1977년 8월 보이저 2호를 발사했으며, 9월에 보이저 1호를 발사하였다.

보이저 1호는 발사 약 2년 후 목성에 접근하여 목성의 표면과 4개의 위성을 관측하였다. 그후 1980년에 토성에 접근하여 토성의 고리와 위성을 관측하였다. 그후 1989년 명왕성 궤도 부근을 지나 태양계 밖의 외계로 날아갔다.

보이저 1호보다 먼저 발사된 보이저 2호는 보이저 1호와 같이 목성과 토성을 관측하였으며, 1986년에 천왕성, 1989년에 해왕성을 관측하였다. 그후 보이저 2호는 보이저 1호와 마찬가지로 태양계 밖의 외계로 날아갔다.

현재 보이저 1, 2호는 지구와의 통신이 두절된 상태이지만 우주 공간을 계속 비행하고 있다. 보이저호에는 외계인에게 지구의 존재를 알리기 위한 '지구의 소리'라는 구리로 만든 레코드가 실려있다. 하지만 지구에서 가장 가까운 별까지의 거리가 약 4.3광년이므로 보이저호의 속도(약 20km/s)로 갈 때 약 6만 년 이상이 걸린다고 한다.

보이저호

우주복을 입지 않고 우주공간으로 나가면 어떻게 될까?

우주복을 입지 않고 우주공간으로 나가면 체내에 있는 혈액은 어떻게 될까? 우주공간이 아주 춥다고 하니까 얼어버리는 것은 아닐까?

산에서 밥을 지어본 사람이라면 그 답을 찾아낼 수 있을 것이다. 산 위에서는 해수면보다 기압이 낮기 때문에 끓는점이 낮아져 100도가 되기 전에 물이 끓기 시작해서 밥이 설익게 된다. 즉, 기압이 낮으면 저온에서 끓기 시작한다.

우주에서는 기압이 거의 없는 진공상태이다. 따라서 액체를 끓어오르게 하기 위해서는 열에너지가 거의 필요없다. 따라서 혈액과 체액은 순간적으로 끓어오르게 된다.

지구의 내부는 어떻게 생겼을까?

지구 속을 들여다보는 것은 인간이 우주로 진출하는 것보다 훨씬 어렵다. 지구의 내부구조와 그곳에서 어떤 일이 벌어지는지에 대한 연구는 20세기에 들어와서야 본격화됐다. 그것은 지진학(seismology)의 발달 때문이다.

지구 내부를 연구할 때는 지진파를 조사하거나 지하핵실험(또는 인공지진) 때 일어나는 충격파를 이용한다. 예를 들어 지진학자는 인공지진을 발생시켜 지표면 여러 곳에 설치된 지진계에 나타난 지진파를 분석함으로써 지구 내부에 대한 정보를 얻는다. 지진은 말하자면 지구 내부의 목소리인 셈이다.

지금까지 알아낸 지구의 내부구조는 동심원 상의 층상구조를 보여주고 있다. 우리 발 아래 지각이 있고, 그 아래로 상부맨틀, 하부맨틀, 외핵 등이 순서대로 있으며, 지구 가장 깊숙한 곳에 있는 것은 내핵이다.

지각은 크게 대륙지각과 해양지각으로 나뉜다. 지각의 두께는 약 10~35km에 이르지만 높은 산맥 아래 쪽은 35km를 넘는 경우도 있다. 대륙지각의 밀도(2.7g/cm³)는 해양지각의 밀도(3.0g/cm³)보다 작다.

또 대륙지각이 화강암질 암석으로 이루어진 반면 해양지각은 밀도가 큰 현무암질 암석으로 이루어졌다. 이와 같은 사실은 지진파의 속도를 분석해 보면 알아낼 수 있다.

상부맨틀과 지각 사이의 경계면을 '모호로비치치 불연속면(줄여서 모호면)'이라고 부른다. 옛 유고슬라비아의 지진학자 모호로비치치는 1909년 10월 8일에 일어난 크로아티아 지진을 연구하던 중 진앙지로부터 수백km 이내에 있는 관측소에 P파와 S파가 각각 따로 도달하는 것이 아니라 쌍을 이루면서 도달한다는 사실을 발견하였다.

그는 이러한 사실로부터 이와 같은 속도 차이가 발생하는 두 개의 매질(파동을 전달시키는 물질)이 있다는 것을 알아냈다. 즉 속도가 빠른 P파와 속도가 느린 S파가 함께 도착하려면 S파는 뭔가 속도가 빠른 층을 통과해야만 한다.

여기서 속도가 빠른 층은 맨틀이고 속도가 느린 층은 지각이다. 그리고 두 개의 층 사이의 경계가 바로 모호로비치치면이다.

상부맨틀은 위쪽의 암권(암석권)과 아래쪽의 약권(연약권)으로 구성되어 있다. 암권은 지각을 포함해 80~1백km이며, 약권은 그 아래에서부터 약 3백km의 두께를 이루고 있다. 약권은 액체상태는 아니지만 암권처럼 딱딱하지 않아 움직일 수 있다. 약권이 움직이면서 판구조 운동을 일으키는 것이다.

상부맨틀 아래에는 지진파의 속도가 급격하게 증가하는 얇은 층이 존재하며, 이 층의 아래에 하부맨틀이 있다. 하부맨틀은 전체는 매우 단단하게 되어 있다.

맨틀 바로 아래에는 지구의 핵이 있는데, 외핵은 액체상태이고, 내핵은 단단한 고체상태의 물질로 채워져 있다고 추정된다. 1996년에 발표된 보고에 따르면, 맨틀의 일부가 활동해 판구조운동을 일으키는 것처럼 외핵과 내핵도 활발히 운동한다고 한다.

액체상태인 외핵이 움직인다는 것은 예상할 수 있지만, 고체인 내핵이 회전하거나 움직인다는 것은 그동안 상상하지도 못했다. 그런데 최근 내핵은 3백60년에 한 바퀴, 즉 1년에 1° 회전한다고 발표된 것이다.

어떤 논문에서는 1백20년에 한 바퀴를 회전한다는 주장도 있다. 그러나 지구 내부는 여전히 비밀에 쌓여 있다.

펄서란 무엇일까?

우주의 별 가운데는 우리가 살고 있는 지구에서 아주 멀리 떨어져 있어 일반 망원경으로는 관찰할 수 없는 것도 많이 있다. 하지만 우리들이 그 존재를 제대로 확인할 수는 있다. 어떻게 그것이 가능할까? 그 해답은 전파를 이용하는 것이다.

펄서(Pulsar, 맥동성. 규칙적인 전파를 발사하는 특수한 천체)라든가 중성자별이라고 부르는 별은 약 3300만 광년 저편에서 ¾초의 주기로 일정 간격을 두고 전파 신호를 보내온다.

펄서의 직경은 약 20km 정도밖에 지나지 않는데 무게는 놀랍게도 10^{36}t이나 된다. 이것이 매초 약 1회전하면서 강력하고 규칙적인 전파를 방출하고 있는 것이다.

펄서를 최초로 발견한 사람은 버넬이라는 과학자인데 그 이후 약 150개 가량의 펄서가 발견되었고, 동시에 원거리에서 오는 규칙적인 펄서를 검출하는 새로운 방법도 고안되었다.

이것은 바로 전파를 사용한 방법이다. 전파 망원경은 넓은 부지(약 1만 8천m²)에 몇 개의 안테나를 설치하여 만들지만 그 기록장치는 병원에 있는 심전도 측정기기와 꼭 같이 생겼다.

현재 펄서에 대해서 정확히 알고 있는 내용은 거의 없다. 그리고 아직 펄서를 실지로 관측할 수 있는 망원경조차 없다. 앞으로 이 펄서의 전모가 해명될 날을 기다리는 것도 나쁘지는 않을 듯하다.

10억 광년 거리의 별은 언제의 모습일까?

우주 공간의 무수히 많은 별 중에서 어떤 별은 10억 광년, 어떤 별은 1만 광년, 또 어떤 별은 1억 광년이나 되는 저 멀리에서 빛을 사방으로 방출하고 있다.

그렇다면 10억 광년 거리에서 빛을 발하는 별은 언제의 모습일까?

빛의 속도는 약 초속 300,000km이다. 이는 아주 빠른 듯해 보이지만 넓은 우주공간을 진행하기에는 아주 느린 속도이다. 예를 들면 지구에서 태양까지의 거리는 약 1억 5천만km이다. 빛의 속도로 날아간다고 해도 8분 20초 정도가 걸린다. 즉 태양 표면에서 출발한 태양빛이 우리에게 도착하는데는 약 8분 20초 정도의 시간이 필요하다는 것이다.

결국 우리가 현재 보고 있는 태양의 빛은 8분 20초 전에 태양을 떠난 빛을 보고 있는 것이다. 즉, 8분 20초 전의 태양을 보고 있는 것이다.

그렇다면 같은 원리로 10억 광년 거리에서 빛을 발하는 별은 그 별을 떠난 빛이 우리에게 도착하는데는 10억 광년이라는 시간이 필요하다.

즉, 지금 우리가 보고 있는 별은 10억 년 전의 별이다. 만약, 지금 그 별이 폭발해서 사라진다면 그 별이 사라지는 것을 알 수 있게 되는 것은 지금부터 10억 년 후 미래인 것이다.

그렇다면 여기서 잠깐, 밤하늘에 보이는 별의 개수는 몇 개나 될까?

우리는 밤하늘에 별이 무수히 많다고 표현한다. 과연 이 말이 맞을까?

　정답은 아니다. 실제 우리가 볼 수 있는 별의 수는 수천 개에 불과하다고 한다.

　이론상으로 우리가 볼 수 있는 별은 6등성까지라고 하는데, 6등성까지의 별은 대략 6000개 정도라고 한다.

　하지만 6000개라는 것도 빛이 없는 시골에서의 경우이므로 일반적으로 우리가 볼 수 있는 별의 갯수는 더 적다고 봐야 한다.

3

동물들의 생활

지구 곳곳에서 동물들의 보금자리가 사라지고 있다. 인간의 무분별한 개발 아래 숲이 사라지고 강물이 넘치고 고갈되고 바다가 오염되면서 그 속에 살던 동물들은 점점 삶의 터전을 잃어가고 이제는 인간들에게 경종을 울리고 있다. 인간과 함께하는 그들의 삶을 속속들이 들여다보면서 인간의 삶 못지 않게 독특한 삶을 살고 있는 동물들의 생활을 하나하나 살펴본다.

말은 왜 서서 잘까?

말처럼 서서 자는 동물로는 기린이 있다. 말과 기린의 공통점은 도망가는 것 말고는 자신을 지킬 재주가 없다는 것이다.

그래서 자다가 육식동물의 습격을 받았을 때 조금이라도 더 빨리 도망가기 위해 서서 자게 된 것으로 밝혀지고 있다. 말과는 달리 뿔이라는 무기가 있는 소나 사슴 등은 앉거나 옆으로 누워 잔다.

말들이 전부 서서 자는 것은 아니다. 12개월이 안 된 어린 말들은 어미의 보호 아래 옆으로 누워 편안히 잔다. 또 무리의 우두머리 격인 말도 앉거나 누워서 잔다.

하지만 젊고 서열이 낮은 말들은 서서 잔다. 가끔씩 눈도 떴다 감았다 하고, 귀도 계속 쫑긋거리며 경계를 게을리하지 않는다.

사람의 잠과는 달리 어느 정도 정신을 차리고 편히 휴식을 취하는 상태인 것이다. 잠을 잔다고 해도 서 있는데다가 눈과 귀가 계속 움직인다면, 잠을 자는지 아니면 움직이다가 잠시 멈춰선 것인지 어떻게 구분되어질까? 이는 뒷다리를 보면 알 수 있다.

잠자는 말은 시쳇말로 짝다리를 짚는다. 짝다리를 짚는 이유는 그게 편한 자세이기 때문이다. 마치 사람도 오래 서 있을 때 번갈아 짝다리를 짚는 것처럼 말이다.

생선이 육류보다 악취가 심한 이유는?

쓰레기통에 버려진 생선이 육류보다 훨씬 빨리 지독한 악취를 풍기는 이유가 무엇일까?

물고기에는 썩은 생선냄새의 원인이 되는 두 가지 화학물질을 생성시키는 물질이 상당히 많이 들어 있는 반면, 붉은색 육류에는 그 물질이 거의 들어 있지 않다.

여기서 두 가지 화학물질이란 트리메틸아민과 디메틸아민을 가리키는 것인데, 이 두 물질은 모두 산화 트리메틸아민에서 생겨난다. 그런데 이 산화 트리메틸아민은 지느러미가 있는 물고기, 특히 차가운 물의 수면 근처에서 사는 바다 물고기인 대구와 같은 물고기의 살에 아주 풍부하게 들어 있다. 하치키스 박사는 바다 물고기들이 메기처럼 민물에서 사는 물고기들보다 훨씬 빨리 악취를 낸다는 것을 밝혀냈다.

물고기가 죽어서 공기에 노출되면 물고기의 몸 속에 들어 있던 효소와 박테리아 때문에 산화 트리메틸아민이 카르복실화라는 화학적 과정을 거치게 되는데 이 과정에서 생성되는 것이 여러 종류의 아민들로 이들은 모두 휘발성이 강하며 상당한 악취를 풍기게 된다.

매미와 귀뚜라미의 울음소리는 누가 더 클까?

소음 아닌 소음인 곤충의 울음소리는 대개 **20Hz**에서 **20kHz** 사이의 주파수대로, 인간이 들을 수 있는 소리의 영역이다. 1987년 로데스대학의 빌렛은 아프리카 매미의 울음소리 크기는 **50cm** 거리에서 **106.7dB**(데시벨, 소리의 크기)에 이른다고 보고했다. 또 북아메리카에 사는 매미의 울음소리는 같은 거리에서 **105.9dB**의 소리를 냈으나 이것은 평상시 매미가 내는 소리다. 1995년 산본과 필립스가 조사한 바에 따르면 적이 나타났을 때 매미 소리는 **108.9dB**로 적이 나타났을 때 더욱 큰 소리로 운다는 것이 증명되었다.

그렇다면 귀뚜라미 소리는 어느 정도일까. 1970년 버넷 클라크는 말레이시아 귀뚜라미, 여치, 유럽 두더지 귀뚜라미 등이 평소 **96dB**의 소리를 낸다고 보고했다. 결국 매미 소리가 귀뚜라미 소리보다 한 수 위였던 것이다. 특히 아프리카 매미의 소리가 가장 컸다. 매미는 진동판을 울려 소리를 내며, 그 소리는 종류마다 다르다. 매미가 시끄러운 소리를 내는 것은 매미들 사이에 의사전달하고, 짝짓기할 때 암컷에게 라이벌보다 잘 보이게 하기 위한 것이다.

아무리 매미의 소리가 크다고는 하지만 사람의 목소리를 이길 수는 없다. 기네스북에 따르면 1994년 4월 북아일랜드에 사는 안날리사 레이는 "조용히 해."라고 고함쳐 **121.7dB**이라는 엄청난 소리를 냈다. 또, 1988년 호주에서 열린 고함치기 대회에서는 사이먼 로빈슨이라는 사람이 **1282dB**을 기록했다.

동물에게도 언어가 있을까?

동물은 이성을 부르기 위해 노래를 부르거나, 먹이를 발견했을 때 소리를 낸다. 또한 배가 고플 때도 여러 가지 소리를 낸다.

동물 행동학자의 보고에 따르면 고양이는 보통 '야옹'이라는 울음 소리 이외에도 17종류의 '말'이 있다고 전했다. 또 침팬지 수컷 2마 리에게 말을 가르쳤더니 36마디를 기억하고는 침팬지끼리 서로 제 스처로 의사를 전달할 수 있게 되었다고 한다.

양은 배가 고프면 '메에' 하고 울어서 배가 고픔을 알리고, 암탉은 울음소리를 통해 병아리들에게 먹이가 있음을 알리며 또한 자신들의 영토라고 울음소리로 찜하기도 한다고 한다.

새나 원숭이 등 나무 위에서 생활하는 동물들은 경고의 소리를 낸다.

또한 회색 늑대 무리의 대장은 사냥을 할 때 3가지 다른 소리를 내 는데 이 소리가 확실하게 구분되어 있다고 한다.

예를 들자면 이렇다.

"새로운 냄새를 발견했다."

"모두 집합."

"사냥감이 가까이 있다."

모기가 좋아하는 체질은 따로 있나?

무더운 여름, 한해도 거르지 않고 우리에게 찾아오는 불청객이 있다. 그 불청객은 다름 아닌 모기.

하지만 모기도 모든 사람을 공격하지는 않는다.

미국 플로리다대 곤충학과 버틀러 박사팀은 사람의 피부를 본뜬 인조막 위에 각종 성분이 섞인 혈액을 떨어뜨리고 모기를 유인한 결과 모기가 특정 성분을 좋아한다는 사실을 알게 되었다.

먼저 체질적으로 땀 속에 유산과 요산의 성분이 다른 사람보다 많은 사람은 모기에 잘 물린다. 모기가 가장 좋아하는 성분이 유산과 요산이기 때문이다. 또한 모기는 스스로 콜레스테롤과 비타민 B를 합성할 수 없어 다른 동물의 혈액에서 공급받아야 하므로 영양 과잉으로 혈액 중 이들 성분이 많은 사람들도 모기의 좋은 먹잇감이 된다.

약물과 수술도 모기의 먹잇감 고르기에 영향을 준다. 특히 심장 질환 치료제와 고혈압 약을 먹는 사람의 혈액을 모기가 좋아하며 뇌종양 수술을 받은 실험자의 경우 수술 전 모기가 싫어하는 체질에서 수술 후 모기가 좋아하는 체질로 바뀌기도 했다.

또한 화장품이나 향수는 예외 없이 모기가 좋아했다. 다른 사람은 괜찮은데 왜 나만 모기가 물어댈까? 이런 의심이 든다면 자신의 체질이 모기가 좋아하는 체질은 아닌지 따져보아야 할 것이다.

거미줄은 어떻게 만들어질까?

4만종의 대집단으로 번성한 거미는 해충을 잡는 기막힌 거미줄 묘기로 인간에게 큰 도움을 준다. 하지만 거미가 번지점프, 사냥, 먹이 포박, 고치 만들기, 비행 등을 위해 무려 9가지나 되는 거미줄을 만들어낸다는 사실은 잘 알려져 있지 않다.

최근 단국대 문명진 교수(생물학)는 왕거미의 몸을 전자현미경으로 정밀 분석해 이 거미가 어떻게 해서 이처럼 다양한 거미줄을 만들어내는지 밝힌 논문을 한국곤충학회지, 한국생물과학회지에 발표했다.

문 교수가 연구한 왕거미는 매일 체중의 10%에 이르는 거미줄을 뱃속 실샘에서 액체로 만들어낸다. 거미가 이 액체를 배의 꽁무니에 있는 3쌍의 실젖을 통해 뿜어내면 고체 상태가 되는데 이것이 바로 거미줄이다.

거미는 매일 새 그물을 친다. 먼저 나무나 풀 위에 올라가 번지점프를 하면서 자전거 바퀴살 모양의 골격을 만들고 그 위를 뱅글뱅글 돌면서 동심원 모양의 포획사를 친다. 그리고 하루가 지나면 거미줄을 싹 먹어 치워 알뜰살뜰 재활용까지 한다.

흔히 우리는 거미줄은 모두 끈적거린다고 생각하지만 실제로는 대부분이 나일론실처럼 매끈하다. 오직 포획사만이 끈적거려 그물에 걸린 곤충이 꼼짝달싹 못하게 한다.

거미가 그물 위를 어슬렁거릴 때 자세히 관찰해 보면 바퀴살 모양의 줄만 밟고 다니지 끈적이는 포획사는 건드리지 않는다는 것을 알 수 있다.

이번에 문 교수는 왕거미가 마치 연줄에 사금파리 섞인 풀을 묻히 듯 거미줄에 끈끈이 풀을 바른다는 사실을 밝혀냈다. 왕거미가 편상 선이란 실샘을 통해 매끈한 줄을 몸 바깥으로 뿜어내면 노즐 양쪽에 포진한 초승달 모양의 수상선이 끈적이를 발라 포획사가 만들어지는 것이다.

한편 거미는 줄에 먹이가 걸리면 잽싸게 달려가 각각 1백 쌍이 넘는 이상선과 포도상선이란 작은 실샘에서 한꺼번에 줄을 뿜어내 먹이가 꼼짝달싹 못하게 포박한다. 또 거미의 암컷은 관상선(대롱샘)에서 나온 줄로 자신이 낳은 알이 안전하게 월동할 수 있는 고치를 만든다.

알에서 부화된 후, 일시적으로 공동생활을 하던 어린 거미가 독립 생활을 시작할 때가 되면 줄을 이용해 먼 곳으로 비행도 한다. 높은 나무나 풀 위로 올라가 바람 부는 방향으로 거미줄을 풀고 점프하면 서 바람을 타고 날아간다. 어떤 거미는 무려 그 비행고도가 3000m에 이르기도 한다.

거미는 자기 영역에 들어오면 목숨을 걸고 싸우는 습성 때문에 누에의 실크처럼 대량 사육에 의한 생산이 불가능하다. 이것이 거미줄이 산업화되지 못하는 이유이다. 그래서 과학자들은 거미의 유전자를 누에나 대장균에 넣어서 거미줄을 만들려고 하고 있다.

밀폐된 유리병 속에서 새가 날고 있을 때 유리병의 무게는 어떻게 될까?

밀폐된 큰 유리병 속에서 새가 날고 있을 때 유리병의 무게는 어떻게 될까? 새가 병 바닥에 내려앉으면 저울의 눈금은 어떻게 될까? 하늘을 나는 새를 생각해 보자. 새의 체중은 공기가 떠받치고 있다. 그러면 그 공기에 더해진 체중은 어디로 갈 것인가? 이와 같이 눈에 보이지 않는 것, 잴 도리가 없는 것은 우선 추리에 의해서 밝히기로 한다. 결국 새든 벌이든 헬리콥터든 비행기든 간에 지면이 그 무게를 지탱하고 있다고 생각할 수밖에 없다. 그 거대한 비행기의 중량도 우리들의 몸이랑 광대한 지면이랑 많은 지붕이 떠받치고 있는 셈이 된다. 그것이 넓은 면적에 분산되므로 우리에게 느껴지지 않을 뿐이다. 새장 속에서 날아오른 새라면 공기가 외부와 통하므로 그 공기를 통해서 새장 이외의 부분에도 새의 중량은 공기 압력으로서 분산된다. 그러나 밀폐된 병 속에서는 이 병 이외의 어디에도 새의 중량이 분산될 수 없다. 즉, 날아다니는 새의 중량은 모두 병에 더해진다. 그러므로 새가 병 바닥에 내려앉든 날아오르든 병 전체의 무게는 변하지 않는다. 그러나 병에 아주 작은 통기 구멍이라도 있다면 그 무게가 다소 변할 수 있다. 병 자체는 전혀 외부로 힘을 부가할 수 없으므로 전체의 무게는 변하지 않는다고 말할 수 있다.

오리너구리의 정체는 무엇일까?

오리너구리는 네 발을 가진 온혈 동물로 그 피부는 털로 덮여 있다. '오리너구리'라는 이름은 코 부분이 오리의 입부리와 닮았다는 데서 비롯되었다. 오리너구리는 다른 동물과 비교해 무엇이 다를까? 포유 동물은 모두 새끼를 낳는다. 그러나 오리너구리는 새와 마찬가지로 알을 낳는다. 이 밖에도 알을 낳는 포유동물은 바늘두더지만이 있을 뿐이다.

오리너구리는 예리한 발톱으로 강물 바닥에 굴을 파고 그 속에 길이 2cm 가량의 알을 1~3개 정도 낳는다. 알에서 나온 새끼는 어미 젖을 먹고 자란다. 알이 부화되면 어미는 카누의 노처럼 생긴 꼬리로 새끼를 자기 쪽으로 끌어당겨 젖을 먹여준다. 그리고 몇 달 동안 굴 속에서 함께 살다가 어느 정도 지나면 다같이 밖으로 나온다.

오리너구리는 물갈퀴가 있어 능숙하게 헤엄칠 수 있다.

오리너구리는 오스트레일리아의 남동부와 태즈메니아 섬 등지의 강물에만 살고 있으나 만일 오리너구리의 수컷을 만났을 때 움직이지 않고 그대로 있는 것이 좋다. 왜냐하면 수컷은 뒷발에 구부러진 갈퀴 같은 발톱이 있는데 이 발톱에는 독이 있어 할퀴게 되면 매우 위험해질 수 있다.

이슬에 갇힌 개미 왜 못 빠져나올까?

만일 사람의 몸이 개미만큼 작아질 수 있다면?

영화 '스파이더 맨'의 주인공처럼 유전자 조작 거미에게 물리든지 해서 손에 돌기와 털이 잔뜩 난 사람이라면 정말 거미처럼 벽을 쉽게 기어오를 수 있다. 몸무게의 1백 배쯤 무거운 것도 번쩍 들어올리는 천하장사가 될 수 있고, 물 위를 걷는 것도 그다지 어렵지 않을 수 있다. 이것은 모두 아주 작은 마이크로 세계에서 일어나는 특수한 현상 때문이다.

거미 같은 곤충들 중 일부는 '벨크로 현상'을 이용해 벽을 기어오른다. 거미의 다리 끝에는 미세한 털이 잔뜩 나 있다. 또한 벽면도 매끈해 보이지만 확대해 보면 그 표면이 몹시 거칠다. 이 거친 표면에 털들이 이리저리 휘감겨 얽히는 것이 바로 '벨크로 현상'이다. 이와 같이 벽에 털이 얽혀 지탱하는 힘이 생기므로 곤충들은 수직벽으로부터 미끄러져 떨어지지 않는 것이다.

'벨크로'란 배낭 주머니 등에 달려 있는 접착포를 말하는 것으로 일명 '찍찍이'라고 부르기도 한다.

마이크로 세계에서는 또 표면장력이 대단히 커서 희한한 일들이 일어난다. 표면장력이란 같은 액체끼리 뭉쳐 있게 만드는 힘인데 이것이 커지면 물이라도 마치 조청처럼 끈적끈적하게 느껴진다.

소금쟁이가 물에 떠 있는 것은 바로 표면장력 덕분이다.

마이크로 세계에서는 표면장력이 커서 물이 한데 뭉쳐 있으려고 하므로 소금쟁이의 발이 이를 뚫고 들어갈 수 없어 떠 있는 것이다.

이런 이유 때문에 개미가 이슬 방울에 갇히면 이를 뚫고 나올 수 없다. 만화영화에서 '개미'를 보면 개미가 이슬에 갇혀 빠져나오지 못하는 장면이 있는데, 그것은 단지 만화적 상상이 아니라 표면장력 때문에 마이크로 세계에서 일어나는 현상을 실제로 묘사한 것이다.

또 한 사람이 곤충처럼 작아지면 몸무게의 세 배쯤 들어올리는 현재의 역도선수들의 세계 신기록도 모두 갈아치우게 될 것이다.

현재 보통 남자 어른은 자기 몸무게 정도 되는 역기를 들 수 있다.

서울대 장준근 교수는 "사람의 몸이 1백분의 1로 줄어들면 몸무게는 1백만분의 1이 되는 반면 힘은 1만분의 1로밖에 줄어들지 않아 체중의 1백 배를 거뜬히 들 수 있다."고 말한다. 그렇게 되면 역도선수가 세계 신기록을 세우려면 몸무게의 3백 배 되는 바벨에 도전해야 하는 것이다. 힘은 세어지지만 수영하기는 대단히 힘들다. 이것은 표면장력 때문에 물을 가르고 나갈 수 없기 때문이다.

이와 같은 점은 사람의 혈관 속을 돌아다니며 암세포 등을 찾아내는 마이크로로봇을 만드는 데 애로점으로 작용한다.

과학자들은 이와 같은 문제를 극복하기 위해 박테리아가 긴꼬리를 스크루처럼 돌리며 움직이는 데에 힌트를 얻어 박테리아의 꼬리처럼 움직이는 마이크로로봇용 추진 기관을 개발하고 있다.

불가사리는 어떻게 조개를 잡아먹을까?

생선 시장에서 굴이나 꼬막 등의 입을 벌리는 작업을 본 적이 있는가? 얼핏 보면 간단히 처리하는 것 같지만 실지로 해보면 얼마나 어려운 작업인지 알 것이다.

그 기술을 마스터하기 위해서는 몇 달이 걸린다. 그럼에도 불구하고 구태여 시도해 보려고 한다면 바이스나 망치, 끌, 정 등이 필요하다.

그런데 불가사리는 바이스나 망치를 가지고 있지 않은데도 불구하고 굴과 같은 조개를 쉽게 열어 먹어 치운다. 굴이나 진주 조개의 양식업자가 불가사리를 미워하는 것도 당연지사다.

불가사리를 뒤집어보면 중앙에 주둥이가 있고 거기서 다섯 개의 팔을 향해 도랑이 패어 있다. 이 도랑을 따라 조그만 흡반이 즐비하게 붙어 있으며 조개를 잡을 때는 이 흡반으로 조개를 빨아들인다.

조개에 팔을 흡착시킨 불가사리는 느긋하게 힘을 가해 조개를 열려고 한다. 물론 조개는 열리지 않으려고 저항하지만 집요하게 장시간에 걸쳐 열려고 하는 불가사리 앞에서는 드디어 항복하여 껍질을 열고 만다. 그러면 불가사리는 자기 주둥이로부터 소화 기관을 전부 토해 내어 조개 속에 밀어넣는다. 이윽고 조개 속을 몽땅 삼키고 나면 다시 소화기관을 몸 안으로 되돌려 넣는다. 그후에는 천천히 소화하는 일만 남는다.

사막의 동물은 물이 없을 때 어떻게 생활할까?

사막에 살고 있는 동물은 기우제를 지내는 춤을 추거나 인공적으로 비를 얻기 위해 궁리하지도 않는다. 그렇다면 비가 오지 않아 물이 없을 때 어떻게 살 수 있는 것일까?

그들은 물 없이도 살 수 있는 독특한 방법, 독특한 몸의 구조를 가지고 있기 때문이다. 특히 사막처럼 물 찾기가 하늘에 별따기보다 힘든 곳에 사는 동물들은 더욱 그렇다. 예를 들어 북미의 사막에 살고 있는 캥거루쥐(캥거루와 쥐를 닮았다고 해서 붙여진 이름)를 살펴보면 이 작은 동물은 길쭉한 뒷다리와 캥거루와 똑같이 생긴 꼬리를 사용하여 사막의 바닥에서 2m 이상이나 뛸 수 있다.

캥거루쥐는 몸 안의 수분을 보존하기 위하여 낮 동안은 땅 속에서 숨어 지내다가 해가 지면 밖으로 나온다. 캥거루쥐는 놀랍게도 한 방울의 물도 마시지 않는다. 언제나 먹는 식물에서 필요한 만큼의 수분을 얻을 수 있기 때문이다. 그리고 신장의 특별한 작용에 의하여 물이 체내에서 유효하게 리사이클되고 있다. 물이 몸 안에서 순환되고 있으므로 당연히 수분 부족이란 있을 수 없다.

다소 차이는 있겠지만 사막에 사는 다른 동물들도 마찬가지이다. 즉 캥거루쥐와 같은 수분의 순환 기능, 곧 대사 기구를 가지고 있다. 주머니쥐나 날쥐 등이 바로 그런 종류에 해당된다.

새들이 'V'자로 나는 이유는?

철을 따라 이동하는 철새들 가운데 두루미, 기러기 등 많은 종류가 'V' 자로 무리지어 날아간다. 왜 그런 모습으로 날아갈까?

영국의 과학전문지 네이처는 새들이 V자를 이루고 날아가면 단독으로 날 때보다 훨씬 힘이 덜 든다는 연구 결과를 소개했다. 이것은 프랑스 국립과학연구소 바이머스키르히 박사팀의 연구결과다.

이들은 펠리컨이 경비행기를 따라 날도록 훈련시킨 뒤, 혼자 날 때와 V자 대열로 날 때의 매분당 심장 박동수와 매분당 날갯짓 수를 측정했다.

그 결과 V자로 날 때가 그렇지 않을 때보다 심장 박동수나 날갯짓수가 훨씬 적었다. V자 대열을 이룰 때 에너지를 그만큼 덜 쓴다는 얘기다.

그 이유는 앞의 새가 일으키는 날갯짓으로 뒤에 상승 기류가 생기기 때문에 뒤에 있는 새는 날갯짓을 덜해도 떨어지지 않고 공중에 떠있게 되는 것이다.

이 상승 기류는 새의 날개 끝에서 만들어지므로, 그 덕을 보려면 앞의 새의 날개 끝에 자리해야 한다. 이렇게 한 새의 날개 끝에 다음 새가, 또 그 날개 끝에 그 다음 새가 따라가다 보면 결과적으로 무리의 모양이 V자를 이루게 된다.

고등어 등이 푸른 이유는?

정어리, 청어, 꽁치, 고등어 등 계절적으로 해류를 따라 이동하는 물고기들의 등은 짙은 감청색이고 배는 은백색이다. 그러나 온대 지방의 비교적 따뜻한 바다에 사는 갈치와 같은 물고기는 색깔이 은백색이다. 그 이유는 무엇일까?

그건 바다가 푸른색이기 때문이다.

하늘에서 바다를 내려다보면 검푸른 감청색을 띤다. 그러나 바다 속에 들어가 물안경을 끼고 위쪽을 쳐다보면 해면은 햇빛을 받아 은백색으로 반짝인다고 한다. 바로 그것이다. 고등어나 꽁치 같이 항상 바다를 헤엄쳐 돌아다니는 물고기들은 등 색깔이 하늘에서 내려다본 바다색과 같은 짙은 감청색이기 때문에 물고기를 사냥하는 바다새에게 들키지 않고 몸을 지키기 쉽다. 한편 배 색깔이 밑에서 올려다본 해면과 같은 은백색이기 때문에 해면 가까이 떠 있어도 밑에 있는 큰 물고기들 눈에 띄지 않아 몸을 보호하기 쉽다. 즉, 몸을 보호하는 보호색인 것이다.

고래가 물을 뿜어대는 이유는?

고래는 왜 물을 뿜어대는 걸까?

고래는 세계적으로 100여종이 있으며, 우리나라 바다에는 8종이 살고 있다고 알려져 있다. 고래는 바다에서 가장 큰 동물로 알려져 있지만 몸집에 비해 그다지 사납지는 않다.

고래가 물 속에 살지만 물고기로 분류되지는 않는다. 이유는 새끼를 낳는 포유동물이기 때문이다. 새끼는 어미의 젖을 먹고 자라며, 어미는 새끼를 돌본다.

고래는 원래 육지에 살았다고 한다. 몸에서 그 흔적을 찾을 수 있는데, 가슴지느러미에 사람의 손과 비슷한 손가락 뼈 5개가 있다.

고래가 육지에 살았음을 알려주는 또 하나의 흔적은 호흡이다.

고래는 아가미 대신 콧구멍을 통해 폐로 숨을 쉰다. 콧구멍은 머리 위에 나 있는데, 물 속에 있을 때는 닫혀져서 물이 들어가지 않는다. 아가미가 없는 고래는 숨을 쉬기 위해 물 밖으로 나와야 한다. 5분내지 10분마다 수면으로 올라와 숨을 쉬는데 최대한 45분을 물 속에 있을 수 있다.

고래가 분수처럼 물을 뿜는 이유는 잠수를 마치고 수면으로 올라와 폐 속의 공기를 바꾸기 위해 콧구멍에 있는 물과 기도에 있는 거품을 공기 중으로 내뿜기 때문이다.

고래가 수면에 올라오면 우선 콧구멍으로 공기를 뱉는다. 이때 큰 소리가 나면서 멀리까지 소리가 들리는데, 이것이 마치 콧구멍에서 물기둥을 뿜어대는 것처럼 보여 '고래가 바닷물을 뿜는 것'처럼 보이는 것이다. 사실 이것은 바닷물이 아니라 수증기를 머금은 따뜻한 공기이다. 고래가 숨을 내뿜을 때 바깥의 공기에 닿아서 수증기가 물방울로 변하기 때문에 물을 뿜는 것처럼 보이는 것이다.

고래의 종류에 따라 콧구멍의 모양이 다르기 때문에 물을 뿜는 모양으로 고래의 종류를 구별하기도 한다.

하루살이는 정말 하루만 사는 것일까?

많은 사람들은 하루살이를 아침에 태어났다가 저녁에 죽는 곤충으로 알고 있다. 그래서 그날 벌어 그날 먹고 사는 사람을 두고 '하루살이 인생'이라고 한다. 그러나 하루살이는 평균 1년(긴 것은 3년)을 유충으로 지낸다. 성충으로 지내는 기간이 대략 하루일 뿐이다.

곤충의 일생은 기온과 먹이에 깊은 관계를 가지고 있다. 지금까지 조사된 바에 의하면 1세대가 가장 짧은 것은 진딧물이다. 특히 1960년 일본 도쿄과학대학의 노다 박사가 발견한 진딧물의 경우 한 세대는 기온이 25℃일 때 대략 4.7일 만에 사멸했다. 1971년 구티에레즈 등은 아카시아진딧물이 기온이 20℃일 때 5.8일 만에 한 세대를 마감했다고 보고했고, 1989년 엘리오트 등은 기장테두리진딧물이 기온이 26℃일 때 5.1일 만에 한 세대를 마쳤다고 보고했다.

그러나 이러한 기록들은 1960년 노다가 발견한 진딧물의 일생에는 미치지 못했다.

어느 곤충의 일생이 가장 짧을까 하는 것을 과학자들이 연구하는 목적은 살충제를 만들기 위해서이다.

한 세대가 짧은 곤충일수록 번식 능력이 높고, 살충제에 대한 저항력도 높다고 한다. 짧은 일생을 보내는 진딧물의 경우 환경 변화에 적응하는 능력과 살충제에 대한 저항력이 뛰어난 것으로 알려지고 있다.

그렇다면 이와 반대로 가장 오래사는 곤충은 무엇일까. 흔히 사람들은 매미를 생각한다.

1907년 마래트의 보고에 따르면 매미 중에는 17년 동안 애벌레로 지내는 것들도 있다고 한다.

그러나 1962년 스미스가 조사한 바에 따르면, 나무에 구멍을 내는 딱정벌레는 51년 만에 애벌레의 모습을 벗고 성충이 되었다고 한다. 이 딱정벌레야말로 현재까지 가장 오래 사는 곤충인 셈이다. 물론 환경에 따라 이 딱정벌레 중에는 26년 만에 성충이 된 것들도 있었다.

단생벌이란 무엇일까?

　도시 생활을 좋아하는 사람과 전원 생활을 좋아하는 사람이 있다. 벌도 마찬가지이다. 단생벌과 군거 벌이 있다.

　꿀벌은 몇천 마리가 모여 집단 생활을 하며 각자가 자기 맡은 일을 한다. 여왕벌은 알을 낳고, 수벌은 여왕벌과 교미를 하며, 일벌은 꿀이나 꽃가루를 수집하고 어린 벌을 뒷바라지하며 청소도 한다. 이에 비하면 단생벌은 훨씬 작은 집단 밖에 만들지 못한다. 즉 한 가족 단위로 조그만 집에서 살고 여왕벌도 없다.

　단생벌의 일종인 어리호박벌은 나무에 구멍을 파고 그 속에 벌집을 만든다. 벌집은 칸막이가 되어 방이 3개에서 7개 정도 있으며 한 방에 알이 하나씩 들어 있다. 감탕벌은 나무토막에 구멍을 뚫고 그 속에 진흙으로 벌집을 만든다. 각 방에는 하나의 알과 알이 부화된 후에 먹을 먹이(꽃가루와 꿀)가 놓여 있다. 어미벌은 벌집 입구에 진흙으로 뚜껑을 단 후 사라져 버리지만 부화된 새끼는 어미벌이 준비해 준 먹이를 먹으며 성장하여 부화한 후 벌집을 떠난다.

　가위벌은 나무에 풀잎을 자잘하게 씹어 모아서 작은 방을 만든다. 이 방 속에 알을 하나 낳고 잎을 따서 뚜껑 삼아 덮는다. 둥지에는 이런 방이 3~12개 정도가 한군데 모여 있다.

　또한 두눈박이쌍살벌은 나무 섬유에 타액을 묻히면서 씹어 펄프 모양으로 만든 것을 얇게 펴서 집을 짓는다고 한다.

살모사가 자신의 혀를 깨물면
어떻게 될까?

여름철 산길에서 우리를 반기는(?) 살모사가 만약 자신의 혀를 깨물면 어떻게 될까?

이 문제에 대한 답을 하기 전에 다른 문제를 한번 생각해 보자. 뱀탕에 들어 있는 독을 먹으면 사람이 죽을까? 그렇지 않다. 사람의 목을 통해 들어간 독사의 독은 간에 의해 인체에 퍼져 독성을 발휘하기 전에 분해된다. 따라서 사람의 목을 통해 들어간 독은 인체에 별다른 해를 끼치지 못한다.

하지만 독사에게 다리를 물리게 되면 이 독은 간을 통과하지 않고 피의 흐름을 따라 신체 곳곳에 침투하게 되어 죽게 되는 것이다.

그러면 처음에 나온 문제의 답이 나온 셈이다.

살모사가 자신의 혀를 깨물거나 독사끼리 싸우다 다른 뱀에게 물리면 죽고만다. 뱀들도 침입한 독이 자신의 간을 통과하지 않는 한 달리 살 방법이 없는 것이다.

전신 비둘기는
얼마나 멀리 갔다 올 수 있을까?

전신 비둘기(전서구)는 슬기롭고 용감한 새로 멀리 날아갈 수 있다. 그 비둘기가 어떻게 둥지를 떠나 멀리 갔다가 둥지로 다시 돌아오는지에 대해서는 아직 밝혀지지 않았다.

과학자들도 태양을 표지로 삼고 있다든가 아니면 북극성이라든가 지자장이라든가 저마다의 가설을 고집스럽게 주장하고 있는 정도이다.

프랑스의 아라스라는 도시에서는 중국의 한 마을까지 실로 1만 1천km 이상이나 날아갔다가 돌아온 전신 비둘기가 있으니 도대체 어떻게 그 방법을 설명해야 할까?

3백km에서 5백km 정도는 전신 비둘기 경기에서 흔히 비행시키고 있는 거리이다. 그러나 비록 5백km이건 1만 1천km이건 이것은 단지 시각적인 기억만으로 비행할 수 있는 거리가 아니라는 데 문제가 있는 것이다.

전신 비둘기는 어릴 때에는 단거리부터 훈련시키고 커가면서 점점 그 거리를 연장해 간다.

지금으로부터 3천여 년 전에 이집트인과 페르시아인은 도시와 도시 사이의 통신에 전신 비둘기를 사용하고 있었다. 메시지를 조그만 통에 넣고 비둘기 다리에 묶은 것이다. 그후에 로마인도 많은 전쟁에서 전신 비둘기를 활용하였다.

19세기에 들어서도 보불전쟁에서 프랑스군이 전신 비둘기를 이용하자 프로이센 군대는 굶긴 매를 사용하여 이 비둘기를 잡아먹게 했다.

제 1차 대전 당시에는 용감한 전신 비둘기에 대한 일화가 있다. 프랑스의 작은 도시 베르뎅 전투에서 독일군에 포위된 프랑스군을 구출하기 위해 전신 비둘기를 날려 보냈으나 결국 독일군에게 함락되고 말았다. 그때 문서를 매달고 본진으로 날아간 비둘기는 도착한 후 죽고 말았다. 자기 임무를 완수해, 포위되어 곤경에 빠진 대대를 구출한 공훈을 세운 비둘기에게 레지옹 도뇌르 훈장을 수여했다고 한다.

세계에서 가장 아름다운 개구리의 비밀은?

중앙 아메리카의 코스타리카에는 아주 선명한 색채를 띤 개구리들이 있는데 그 종류는 엄청나게 많다. 그 작은 보석 같은 개구리들은 크기가 5cm 안팎으로 이미 알려진 것만도 100종류 이상이다.

암수 모두 아름답고 화려한 무늬가 있는데 각자 다른 무늬이며, 피부는 밝은 오렌지색에서 노랑, 빨강, 초록, 검정색 등 여러 가지이다.

색채는 피부에 있는 색소 세포가 온도나 빛, 습도 등의 변화에 따라 확대되거나 축소되면서 변화한다. 색소 세포는 피부 속에 묻혀 있으며 허물이 벗겨져도 색깔이 벗겨지지 않는다.

아름다운 장미에는 가시가 있듯이 자연은 이 아름다운 개구리들에게도 독이라는 가시를 부여했다.

이들 개구리는 피부 밑에 조그만 독선이 몇 백 개나 있으며 그곳에서 나오는 독은 포유류나 조류 등 온혈 동물의 신경을 마비시켜 즉사시켜 버린다. 콜럼버스가 건너오기 이전 미국 원주민들은 입으로 부는 화살촉에 이 개구리의 독을 발라 원숭이나 사슴, 새 등을 사냥하는 데 사용했다.

현재 이러한 개구리의 독소는 신경생리학 연구에 아주 중요한 몫을 하고 있다. 이들 독소는 신경이나 근육에 특별한 메커니즘으로 작용하므로, 자극 신호가 신경을 거쳐가는 각각의 단계를 연구편리하게 사용되고 있다.

4

생로병사의 인간
(生老病死)

생로병새 태어나고 늙고 병들고 결국은 죽음에 이르는 생로병사에서 예외인 인간은 없다. 그러나 신비로운 인간의 몸을 얼마나 아느냐에 따라서 생로병 사의 정도를 조정할 수 있다. 인간의 몸 자체가 우주라고 할 정도로 신비로 운 게 사실이다. 아직 완전하게 정복되지 않은 또 다른 우주인 인간의 몸 속 으로 들어가 태어나서 죽기까지 일어나는 신체적 변화를 살펴본다.

밥을 먹으면 왜 졸음이 오는 걸까?

우리가 식사를 하고 나면 졸음이 올 때가 있다. 기분이 좋아지고 마음이 느긋해졌기 때문이라고 말할 수도 있겠지만, 생리적으로는 이렇게 설명된다.

음식물이 위 속에 많이 들어오면 이것을 소화시키려고 소화기관들이 총동원되어 활동을 개시한다. 혈액도 소화기관 쪽으로 몰리게 마련이다. 그렇게 되면 혈액의 양은 한정돼 있기 때문에 대뇌로 보내질 혈액의 양이 갑자기 줄어들면서 졸리게 되는 것이다. 목욕을 한 뒤에 잠이 오는 것도 이와 같은 이유인데, 몸이 더운물 때문에 따뜻해지면, 체온 조절을 위해 많은 양의 혈액이 피부의 모세혈관 쪽으로 흘러간다. 그러면 대뇌로 흘러갈 혈액의 양은 그만큼 줄어들게 되는 것이다.

인간의 혈액의 양은 체중의 1/13정도이기 때문에 만약 몸무게가 60kg인 사람이 있다면 그 사람의 혈액은 대략 4.6인 셈이 된다. 그런데 이와 같은 양으로는 몸 안의 여러 기관들이 한꺼번에 활동하기엔 충분하지 않기 때문에 혈액이 필요에 따라 어느 한 곳으로 몰리는 현상이 일어나는 것이다.

사람은 자면서 큰다

　사람은 잠자는 동안 깊은 잠과 얕은 잠을 하룻밤에도 4~5번 정도 되풀이한다고 한다.

　심리학 용어로 이야기하자면 깊은 잠은 '렘 수면', 그리고 얕은 잠은 '논렘 수면'이라고 부르는데 우리는 보통 잠이 들면 렘 수면, 즉 깊은 잠에 빠진다.

　그런데 이때 성장 호르몬의 양을 조사한 결과 잠든 뒤 첫 번째, 그리고 두 번째 주기의 렘 수면 중에 성장호르몬이 빠른 속도로 분비된다는 것이 밝혀졌다.

　바로 이 성장호르몬이야말로 단백질 합성을 촉진시켜 성장 및 피로 회복에 효과를 나타내는 성분인 것이다.

　지금까지 성장호르몬은 필요에 따라 분비된다고 생각돼 왔지만 사실은 우리가 잠이 든 동안에 분비된다는 것을 비로소 알아내게 된 것이다.

꿈꾸는 시간은 평균 82분이다

미국 클레이트만이라는 사람은, 인간이 잠을 잘 때마다 평균 90분마다 한 번씩 꿈을 꾼다는 사실을 밝혀냈다. 그리고 하룻밤 동안 꿈꾸는 시간은 평균적으로 82분이라는 사실도 알아냈다.

결국 이와 같은 주장에 의하면 사람은 누구든지 매일 밤 꿈을 꾸고 있는 셈이 된다. 그러나 우리는 꿈을 꿀 때마다 이와 같은 것을 스스로 깨닫지 못하는 경우가 많다.

꿈이란 머릿속에서 일어난 생각이 감각 중추에 전해져서 마치 눈에 보이거나 귀로 듣는 것처럼 느껴질 뿐이다. 또 가슴에 손을 올려놓고 잠자는 사람이 있는데, 그렇게 되면 그 무게로 폐나 심장이 눌려 고통스럽게 된다. 그 때문에 대뇌는 깊은 잠을 자고 싶어도 그럴 수가 없게 된다. 당연히 대뇌 피질도 깨어 있게 되므로 꿈을 꾸게 된다.

더욱이 순환기가 불편하니까 괴롭거나 무서운 꿈을 꾸는 것이다. 따라서 가슴에 손을 올려놓고 잠을 자면 악몽을 꾼다는 속설은 의학적으로도 틀린 이야기는 아닌 셈이다.

여자들이 수염이 안 나는 이유는?

지구상에 존재하는 거의 모든 생물들은 자신들의 몸을 보호할 무언가를 가지고 있다. 그것은 상대방을 공격하거나 방어하는 기능도 하고, 때로는 더위와 추위에서 몸을 보호하는 역할도 한다. 털도 이런 기능을 한다. 동물과 사람 모두 몸에 털이 있다.

털은 피부를 보호하고 몸에서 열이 달아나는 것을 막아 준다. 열대 지방에 사는 사람들의 피부는 강한 햇빛에 노출되는 것을 방지하기 위하여 햇빛을 잘 흡수할 수 있도록 진한 색을 띠는 것이다.

동물들의 몸에 나 있는 긴 털은 매우 특별한 역할을 한다.

사자의 갈기는 적의 이빨로부터 사자의 목을 보호하고, 말이나 소의 꼬리털은 파리채와 같은 역할을 한다. 새의 벼슬은 이성을 유혹하는데 유용하며, 고양이의 수염에는 예민한 감각기관이 있다.

이렇게 털은 여러 가지 역할을 한다. 그렇다면 사람은 어떨까?

아기는 갓 태어났을 때 온 몸이 부드러운 솜털로 덮여 있다. 그러다가 점점 자라면서 굵은 성인의 털이 된다.

성인이 가지고 있는 털은 성장을 조절하는 내분비선에 의해 조절된다. 남자의 성호르몬은 머리털의 성장을 억제하거나 느리게 하는 반면, 턱수염과 신체상의 털을 촉진시킨다.

여성 호르몬의 경우 남성과는 반대로 머리털의 성장을 촉진시키고 수염과 같은 털의 성장을 억제시킨다. 즉, 여성이 수염이 없는 이유는 몸 속의 호르몬이 성장을 억제하는 작용을 하기 때문이다.

물을 많이 마시면 장수하는가?

어린이의 몸은 전체 체중의 80%가 물로 구성되어 있다. 그러나 성인이 되면 수분의 비중이 60%로 떨어지고, 노인에 이르러선 50%로 줄어든다. 푸릇푸릇한 새순이 바싹 마른 낙엽으로 종말을 맞는 것과 같은 이치다.

최근 '물의 건강학'이 관심을 끌고 있다. 갈증을 느낄 때만 마시는 수동적 보충 개념에서 목이 마르기 전에 충분히 마셔 적극적으로 건강에 활용하자는 것이다.

넉넉하게 마시는 물의 효과는 크게 3가지로 나눌 수 있는데, 첫째는 노폐물을 체외로 배출하는 세탁 및 해독 기능이다. 수량이 풍부한 강처럼 늘어난 혈액량과 깨끗한 혈류는 유해물질을 체외로 쉽게 배출시킨다.

둘째는 혈전 예방 기능을 한다. 몸에 수분이 부족하면 혈액이 농축돼 혈전이 생기기 쉬운데 이는 뇌경색과 심장질환의 원인이 된다.

밤중 또는 아침 일찍 뇌졸중이 많이 일어나는 것은 밤 사이 혈액 속의 수분 부족에 의한 혈전이 원인인 경우가 많다.

셋째는 땀을 통한 체온 조절과 피부 보호 기능이다.

이밖에도 체내 수분은 신장 결석뿐 아니라 방광암도 예방한다.

미국 하버드 의대팀의 조사에 의하면 커피나 홍차를 하루 한 잔 이하로 마시는 사람은 하루 4~5잔 마시는 사람에 비해 신장 결석 발생률이 50~60%나 높은 것으로 나타났다.

또 10년 간에 걸친 방광암의 발생과 수분 섭취도 조사에서도 환자들은 홍차나 맥주의 섭취량이 정상인에 비해 30 ~ 40% 낮은 것으로 분석됐다.

그럼 하루에 물의 섭취량은 어느 정도가 가장 적당할까?

이 질문에 대한 답은 2L다. 체중은 하루에도 몇번씩 변동한다. 이것은 수분의 함유량에 따라 달라지는 것으로 소변이나 땀으로 배출되는 것 외에도 호흡과 피부의 대사(代謝)에 의해 하루 1L의 물이 빠져나간다.

특히 잠자는 도중에도 수분이 빠져나가기 때문에 6시간 수면시간 동안 2백 ~ 3백g 정도의 체중이 줄어든다.

그렇다면 하루에 물을 얼마나 마셔야 할까. 보통 성인의 경우 하루 3.1L의 수분이 몸 밖으로 배출된다.

이에 비해 식사와 신장을 통한 수분의 재흡수에 의해 공급되는 물의 양은 1.7L 정도이다. 따라서 1.4L 정도의 물을 매일 마시면 부족한 양은 일단 보충된다.

그러나 전문가들은 적어도 하루 2L 정도의 물을 충분히 마셔줄 것을 권하고 있다.

특히 고령자는 마른 나뭇가지 같은 상태인데 이는 신장에서의 수분 재흡수율이 떨어지는데다 나이가 들수록 갈증을 자각하는 중추기능이 떨어지기 때문이다. 따라서 젊은 사람들뿐 아니라 노인들은 목이 마르지 않더라도 수시로 물을 마시는 것이 좋다.

소변을 보고 나면 왜 몸이 떨리는 걸까?

인체의 약 60%는 물로 되어 있는데 그 양은 항상 일정하게 유지되고 있다. 따라서 심한 운동이나 더운 날씨 등으로 땀을 많이 흘린 날에는 몸 속의 물이 부족하게 되어 갈증을 느끼게 되고 이때 부족한 물을 섭취하게 되는 것이다.

반대로 음식이나 음료수 등을 많이 먹어 몸 속의 물이 남아 돌 때에는 소변을 통해 배출하게 되는데, 더운 여름에는 자주 땀을 흘리게 되므로 소변의 양이 적어지지만 추운 겨울에는 땀이 잘 나지 않기 때문에 소변의 양은 그만큼 많아지게 된다.

건강한 어른의 하루 소변량은 물이나 식물의 섭취량, 땀을 흘린 정도, 소화관으로부터의 수분 손실(구토나 설사 등에 의한) 등에 의해 좌우되지만 보통 1~1.5L 정도이다. 하루에 세 번 정도 소변을 본다고 했을 때 한 번 소변을 볼 때 나오는 양은 약 300~500ml 정도가 되는데 이는 콜라 한 병에 해당되는 양에 해당된다.

소변은 체내(방광)에 저장되어 있다가 배출되기 때문에 배출되는 소변의 양만큼 몸 속의 열을 가지고 나오게 된다. 체온은 37도이므로 한 번 소변을 볼 때 빠져나가는 열량은 대략 300ml×37cal= 11,100cal 정도가 된다. 즉, 11kcal에 해당되는 열량이 한꺼번에 빠져나가는 셈이다. 우리의 몸은 소변을 볼 때 손실되는 열량을 보충하기 위해 근육을 움직이게 되는데 이러한 근육의 움직임으로 인해 우리의 몸은 '부르르' 떨리게 되는 것이다.

추운 겨울날에 소변을 보고 나면 몸만 떨리는 것이 아니라 닭살도 돋는데 이것은 몸 속의 열이 급격히 빠져나가지 않도록 땀구멍을 막고 피부의 표면적을 최소화하기 위한 우리 몸의 방어기능의 결과인 것이다.

살을 빼려면 어떻게 해야 할까?

우리는 체온을 유지하거나 심장 박동이나 호흡을 위한 폐 운동 등 생명을 유지하기 위한 운동에 요구되는 에너지를 필요로 한다. 우리는 우리 몸이 필요로 하는 에너지를 섭취한 음식물을 산화시켜 얻고 있는데, 이는 연소와 같은 반응의 일종이며 그 속도가 매우 느리다.

우리가 우리 몸의 에너지원으로 사용하는 영양소는 주로 탄수화물과 지방이다.

한국인에게 필요한 열량 섭취 권장량은 성인 남자 2500kcal, 성인 여자가 2000kcal이다.

만일 우리가 몸에서 소비하는 에너지보다 더 많은 양의 에너지를 섭취하면, 소비하고 남은 것은 지방으로 변하여 몸에 축적되어 체중이 늘게 된다.

반대로, 섭취하는 에너지의 양이 적으면, 몸에 축적되었던 지방(체지방)을 연소시켜 부족한 만큼의 에너지를 얻기 때문에 체중이 줄게 된다.

따라서, 먹는 양을 줄이면 체중이 감소하게 된다. 하지만 식사를 무리하게 줄여 체중을 줄이면 건강을 해치게 된다. 체중은 1주일에 500g 정도씩 꾸준히 줄이는 것이 바람직하다고 한다. 500g의 체지방은 약 3500kcal에 해당하므로, 하루에 500cal 정도씩 줄이면 된다. 따라서, 하루에 밥 2/3공기(200kcal)를 줄이고, 20분 정도의 조깅(300kcal)을 한다면, 무리한 식사요법을 피하면서 운동량도 그리 많지 않은 상태에서 체중을 줄일 수 있는 것이다.

참고로 이것만은 알아두자. 우리가 흔히 먹는 라면 1그릇은 약 500kcal 정도 된다고 한다.

따라서, 열심히 식사량을 조절하고 라면 한 그릇을 먹으면 다시 원점으로 돌아가게 된다. 더군다나 국물에 밥까지 말아 먹으면…….

추우면 몸을 떠는 이유는?

날씨가 추워지면 많은 사람들은 추위에 반응하는 갖가지 신체적 변화를 겪는다.

그중 대표적인 것이 바로 '떨림'이다. 간단한 떨림에서부터 입술과 온몸을 유난스레 떠는 떨림까지 그 양상도 가지가지다. 어떤 연유로 이러한 떨림 반응이 나타나는 것일까.

사람은 약 36.5℃의 일정한 체온을 유지하기 위해 체내에서 열을 발생시킨다. 이 열의 일부는 체온을 유지하는 데 사용되고, 나머지 일부는 피부 표면을 통해 방출된다.

우리가 쾌적함을 느낄 때에는 체내에서 생성되는 열과 표면에서 방출되는 열의 양이 같을 때이다. 즉 추위를 느낄 정도라면 체내에서 생성되는 열보다 방출되는 열이 많을 때라는 것이다.

체온이 정상보다 낮아지면 인체 내부는 몸이 느끼는 추위를 몰아내기 위해 열을 발생시키거나 열 방출량을 최소화하는 작업에 들어간다.

체온 조절은 간뇌의 시상하부가 담당한다. 낮아진 온도를 피부 감각점이 느끼면 간뇌의 시상하부는 뇌하수체 전엽을 자극한다. 뇌하수체 전엽은 부신피질자극호르몬과 갑상선자극호르몬을 분비해 부신피질에서는 당질코르티코이드를, 갑상선에서는 티록신을 분비하게 한다. 당질코르티코이드와 티록신은 간과 근육에 작용해 물질대사를 촉진하며 열발생량을 증가시키는 물질이다. 이들은 골격근을 수축해 인체의 '전율'을 주도함으로써 열발생량을 증가시킨다.

　이밖에 열의 방출을 감소시키기 위한 작업으로 피부와 피부혈관이 수축되고, 털이 곧게 서게 된다.

　추울 때 노출 면적을 감소시키기 위해 웅크리는 것도 추위에 대응하기 위한 하나의 행동이다. 무의식적인 근육 운동과 떨림은 평상시의 4배까지 열을 생산할 수 있다.

　즉 떨림을 이용해 체온을 높이는 것은 추위를 이겨내기 위한 너무나 자연스러운 '대응'이라는 말이다.

곱슬머리와 직모의 차이는?

찰랑거리는 생머리는 부러움의 대상이다. 그렇다면 누구는 곱슬머리, 누구는 직모로 태어난 것은 이 세상이 불공평해서일까?

털은 피부에 딸린 피부 부속기관으로 모낭이라 불리는 주머니에 둘러싸여 있고, 모낭에 있는 특수한 상피세포로부터 만들어진다.

털을 이루는 여러 부분 중에 유일하게 살아서 성장하는 부분은 모근 또는 모 진피라는 구조인데, 모낭의 가장 밑부분에 있다. 모근에 있는 모낭세포가 위로 가면서 분화해 딱딱한 케라틴이라는 단백질을 만들면서 세포 자신은 죽는다. 바로 이런 케라틴들이 모여서 털을 이루게 된다. 이렇게 만들어진 털은 모낭에서 피부 표면쪽으로 하루 0.3mm씩, 한달에 약 1cm 정도씩 자란다.

털이 곱슬거리는 정도는 털의 단면 모양과 밀접한 관련이 있다. 단면이 동그랄수록 털은 곧게 자라며, 단면 모양이 계란형일수록 털은 더 곱슬거린다. 동양인의 머리털은 단면이 원형이므로 곧게 뻗은 머리칼인 직모이고, 서양인의 머리털은 타원형으로 길쭉하기 때문에 동양인보다 웨이브가 심한 곱슬머리이다. 흑인의 머리털은 서양인의 털보다 타원인 정도가 더욱 심해서 거의 납작하거나 심한 경우 리본 모양이기 때문에 극단적인 곱슬머리가 된다.

어떤 경우에는 모낭 자체가 곧바로 펴 있지 않고 휘어져 있기 때문에 털이 자랄 때 곱슬거리는 경우도 있다. 물론 직모냐, 곱슬머리냐를 결정하는 원인은 세상탓이 아닌 유전탓이라고 볼 수 있다.

레이저로 어떻게 피부의 점을 뺄까?

우리가 흔히 말하는 점은 이상 멜라닌 세포가 모여서 생긴 것으로 보통 갈색이나 흑색을 띠며 모반이라고도 한다. 점은 태어날 때에는 없다가 세월이 흐르면서 점차 많아지게 되는데, 주로 3~4세부터 17세 사이에 생기며, 20세 중반에 가장 그 숫자가 많아진다. 이와 같은 점이 생기는 원인은 자세히 밝혀져 있지는 않지만 주 원인이 태양광선의 영향인 것으로 알려져 있다.

우리가 보는 태양 빛은 파장이 다른 빛들이 모인 백색광으로 프리즘을 통과시켜 보면 여러 가지 색깔로 나뉜다. 하지만 레이저 광선은 파장이 똑같은 단색광으로 빛이 분산되지 않고 한 곳에 집중적으로 모이는 성질이 있다. 우리가 점을 빼는 데는 바로 이와 같은 성질을 이용하는 것이다. 레이저는 파장이 일정한 단색광이기 때문에 어떤 특정한 파장을 가진 레이저는 특정한 색깔에 잘 흡수된다. 그래서 얼굴에 있는 점과 같이 검붉은 색깔에만 흡수되는 레이저 광선을 쏘이면, 점 주위의 피부에는 아무런 영향도 주지 않고 점에만 레이저의 에너지가 흡수되어 점만 없앨 수 있는 것이다.

레이저는 1960년 루비의 결정을 이용하여 처음 만들어진 이래 의학, 재료 가공, 핵융합 반응, 통신, 컴퓨터, 프린터 등 다양한 분야에서 널리 이용되고 있다. 또한 보석처럼 단단한 물체를 자르거나 작은 곳에 구멍을 뚫고, 두꺼운 철판이나 옷감을 자르는 등 여러 가지 용도로 이용되고 있다.

참외배꼽은 어떻게 생기는 걸까?

여름이 되면 많은 여성들은 배꼽이 노출된 일명 배꼽티를 즐겨 입는다. 사람들의 배꼽을 유심히 살펴보면 그 모양이 제각각이다.

그중 가장 배꼽티를 꺼려하는 사람은 배꼽이 볼록하게 튀어나온 참외배꼽을 한 사람이라고 한다. 이와 같은 참외배꼽이 생기는 이유는 유전적인 영향과 같은 거창한 것이 아니다.

아기가 태어난 직후 의사가 탯줄의 매듭을 얼마나 잘 묶어 주는가에 달려 있다. 의사가 아기의 탯줄을 자르면 그 자리는 도톰한 매듭 모양의 상처가 된다. 이 상처는 천천히 아물면서 어느 순간 매듭은 떨어져 나가고 우리에게 익숙한 배꼽 모양이 형성된다.

이때 탯줄을 너무 길게 끊어 매듭을 묶으면 참외배꼽이 될 확률이 높다는 것이다. 결국, 상처가 어떻게 아무느냐, 또 탯줄의 길이를 얼마로 끊어주느냐에 따라 한 사람이 평생 자신 있게 배꼽티를 입고 다닐 수 있느냐 없느냐가 결정되는 것이다.

여기에 임신과 탈장이라는 후천적인 변수가 더해진다. 여성이 임신을 하게 되면 함몰된 배꼽이 돌출하여 참외배꼽이 된다. 한번 돌출한 배꼽이 다시 들어가지 않는 경우도 생길 수 있다. 또한 탯줄의 폐쇄부전으로 인하여 복부장기가 탈장을 일으켜 튀어나오는 경우도 있다고 한다.

방귀는 어떻게 생길까?

사람은 하루 평균 13번 방귀를 뀐다. 하루에 방귀로 배출되는 가스량은 사람마다 다른데, 200~1500ml 정도이고, 소리의 크기는 항문 주위의 해부학적 구조에 의해 결정된다고 한다. 즉 대장의 밀어내는 힘이 크거나 치질로 '배기통'이 부분적으로 막힌 경우 특히 그 소리가 크다.

방귀의 주성분은 수소, 질소, 산소, 탄산가스, 메탄가스, 황성분 등이다. 이 중 수소는 폭발력이 있고, 극소량의 황성분이 독특한 냄새를 낸다고 한다. 방귀가 생기는 과정은 다음과 같다.

1. 공기를 삼킨다.
2. 일부 공기가 트림으로 몸 밖으로 빠지고 나머지는 장으로 내려간다.
3. 혈액에서 이산화탄소가 소장으로 들어온다.
4. 혈액에서 질소가 소장으로 들어온다.
5. 대장의 세균들이 흡수되지 않은 음식물을 발효시키고 이 과정에서 수소가 만들어진다.
6. 세균이 수소와 이산화탄소를 이용해 메탄가스를 만든다.
7. 수소와 메탄가스가 음식물의 황과 결합한다.
8. 항문으로 방귀가 배출된다.

방귀는 장의 연동운동이 멎거나 잘 통과하지 않을 때 배출이 안 되어 생기므로 장폐색일 경우 방귀 방출의 유무가 진단상 매우 중요하게 된다.

또한, 개복 수술 후의 회복기에 장이 정상적으로 움직이기 시작하면 방귀를 방출하게 되는데, 수술 후의 장의 상태를 판단하는 중요한 생리현상이다.

방귀 상식 또 한가지. 스컹크 · 족제비 등의 동물은 항문선에서 분비되는 특수한 악취를 방출함으로써 적을 격퇴하는 것으로 알려져 있는데, 이것은 방귀와는 전혀 다른 성질의 것이다.

여름에 무서운 영화를 보면 시원해질까?

여름에는 왜 그리도 귀신 이야기가 많은 것일까? 이는 등골이 오싹하는 바로 그 느낌 때문이다. 공포를 느끼면 추위가 없는데도 자신도 모르게 몸이 추위를 타는 반응을 하는 것이다. 우리 몸에는 온도감각을 느끼는 감각기가 두 군데 있다. 하나는 피부에 있는 감각기이고, 다른 하나는 뇌의 시상하부에 있다. 피부의 감각기는 외부 공기와 맞닿는 피부 온도를 측정하고, 뇌에서는 체내의 중심온도를 감지해서 두 온도의 차이를 시상하부가 판단해서 체온을 조절한다.

외부온도가 높아져 체온이 상승하면 시상하부는 호흡을 가쁘게 하여 체내의 뜨거워진 공기를 내뱉고, 외부의 찬 공기를 많이 들이마시게 한다. 또한 모세혈관을 확장시키고 땀을 증발시켜 열을 방출해서 온도를 낮춘다. 땀이 증발되면서 시원한 것은 증발열로 체온을 빼앗아가기 때문이다.

반대로 밖이 추워 체온이 낮아지면 근육을 떨게 해 열을 내고, 땀구멍을 닫고 혈액도 신체의 표면보다는 아래쪽 혈관을 통해 흐르도록 한다. 피부에서 열의 손실을 최소로 하려는 것이다. 추울 때 피부에 핏기가 없고 푸르게 변하는 것은 피부의 혈관이 거의 닫혀버려서 혈액 공급이 잘 안 되기 때문이다. 그리고 추울 때는 몸이 으스스 떨리는 것도 체온을 올리기 위해서 근육이 떨기 때문에 나타나는 반응이다.

납량특집이다 괴기영화다 해서 공포스런 경험으로 더위를 잊어보려는 것은 사실 이렇게 체온을 조절하는 신체 반응과 관련이 있다. 소름 끼치는 공포반응을 보면 추위를 탈 때 나타나는 신체의 반응과 똑같다. 차가운 것이 피부에 닿으면 시상하부는 차갑다는 것을 알아차리고 피부 근처의 혈관을 닫고 근육을 수축시킨다. 이 때문에 으스스한 느낌이 들면서 피부에 소름이 돋는다.

공포를 느낄 때도 "소름이 끼친다"고 하듯이 으스스한 느낌으로 뒷덜미의 털이 곤두서고 피부에 소름이 돋는다. 이러한 반응은 모두 피부 혈관에 혈액공급이 줄어들고 근육이 수축하기 때문에 나타나는 반응이다. 추울 때 돋는 닭살과 공포로 돋는 소름이 똑같고, 무서워서 으스스한 것이나 추워서 으스스한 것이 신체반응상 마찬가지인 것이다.

다만 공포시의 이와 같은 반응은 추위를 감지한 시상하부의 작용이 아니라, 뇌의 명령 없이 자신도 모르게 일어나는 자율신경계의 작용이라는 점이 다를 뿐이다. 공포심을 유발해 더위를 피해보려는 생각은 변변한 냉방시설이 없던 시절에 생각해낸 참으로 고도의 피서법이라 할 수 있다.

왜 맥주는 많이 마실 수 있는데 물은 그렇게 많이 마시지 못하는 걸까?

맥주를 많이 마시는 사람은 몇천cc도 마실 수 있다. 하지만 물은 그렇게 마시기 힘들다.

이는 맥주와 물이 몸에서 흡수되는 소화 메커니즘이 다르기 때문에 맥주는 많은 양을 마실 수 있지만 물은 맥주만큼 마시는 것이 불가능한 것이다.

물과 맥주를 마셨을 때 위에 이르기까지의 단계에는 차이가 없으나 그 이후 물은 위벽에서 거의 흡수되지 않고 조금씩 소장과 대장을 따라 내려가면서 장벽을 통해서만 흡수가 되므로 마실수록 배가 부르게 된다.

그러나 맥주는 위에서부터 흡수되기 시작되고 맥주에 포함된 이산화탄소가 위벽을 자극해서 소화 작용을 도와 주므로 많은 양을 마실 수 있는 것이다.

목욕물에도 순서가 있다

목욕을 하기 위해 뜨거운 물을 받아 두었다. 그런데 갑자기 일이 생겨서 조금 후에 목욕을 시작하려고 한다. 찬 물을 미리 섞을까, 아니면 목욕 직전에 섞는 것이 좋을까?

결론부터 말하면 찬 물을 미리 섞는 것이 더 효율적인 방법이다. 같은 온도의 목욕물을 만들 때 먼저 찬 물을 섞어두는 편이 더 많은 양의 목욕물을 만들 수 있다. 같은 양의 찬 물을 섞는다면 미리 섞는 경우가 나중에 섞는 경우보다 더 뜨거운 물이 되는 것이다. 그 이유는 무엇일까?

그 이유는 뜨거운 물과 그 주변의 온도 차이가 클수록 뜨거운 물의 열 손실이 더 커지기 때문이다.

뜨거운 물이 열을 빼앗기는 경로는 다음과 같은 몇 가지가 있다.

우선 수증기가 증발하면서 열을 빼앗는다. 또 물을 담은 욕조나 세숫대야를 통해서 열이 전도되며 뜨거운 물 자체로부터 나오는 복사열 때문에 물이 식게 된다.

이 모든 열 손실은 온도 차이가 클수록 크기 때문에 온도 차이를 줄이면 열이 적게 빠져나간다. 커피를 오랫동안 뜨겁게 즐기려면 커피가 나오자마자 크림과 설탕을 타야 한다.

물 표면에서 수증기가 증발하면서 빼앗아가는 열량이 매우 크기 때문에 물 표면을 비닐로 덮어두면 오랫동안 뜨겁게 유지된다. 뚜껑이 있는 컵에 담긴 커피가 잘 식지 않는 것도 이와 같은 이치이다.

여름에 뚜껑이 닫힌 주스병과 뚜껑이 열린 주스병을 오래 실내에 두었다가 마셔보면 뚜껑이 열려 있던 주스병의 주스가 더 시원한 것도 물이 증발할 때 많은 열량을 빼앗기 때문이다.

우리는 일상 생활에서 열에너지를 자주 사용하고 있다. 겨울에는 실내를 따뜻하게 데워 사람이 살기 적당한 온도를 유지해야 한다. 봄에는 실내외의 온도 차이가 적어 열 손실이 거의 없기 때문에 난방할 필요가 없어진다.

여름에는 바깥의 온도가 실내보다 높아져서 실내로 열이 전달된다. 비록 실내 온도가 바깥 온도보다 낮더라도 쾌적한 온도를 넘어서면 에어컨과 같은 냉방 시설을 이용해 실내 온도를 낮춰야 한다. 이때에도 바깥의 열은 실내외의 온도차가 클수록 많이 들어오기 때문에 에어컨이 덥지 않은 날보다 무더운 날에 더 자주 돌게 되는 것이다.

졸릴 때 왜 눈을 비빌까?

아이들이 손으로 눈을 비비기 시작하면 졸립다는 표시다. 졸음과 눈에는 어떤 연관관계가 있는 걸까?

졸리기 시작하면 손과 발이 따뜻해져옴을 느낄 수 있다. 이는 혈액을 손과 발의 피부 표면 가까이 집결시켜 혈액 속의 열이 방출되고 체온을 떨어뜨리는 신체 메커니즘이 작용하기 때문이다. 결국 잠을 자고 있을 때는 남아 있는 에너지를 사용하지 않도록 체온을 저하시켜 대사를 억제할 필요가 있기 때문에 일시적으로 손과 발이 따뜻해지는 것이다.

이렇게 혈액이 피부에 집결하는 현상이 눈 주변에서 일어나면 눈물샘 조직의 활동이 둔화되고 눈물의 생산량이 감소한다. 그러면 눈을 자주 깜빡이게 되고 자꾸 비비고 싶어진다. 이것은 자신으로 하여금 지금은 자야 할 때라는 것을 의식하게 해준다.

잠수병은 무엇인가?

잠수부가 수중에서 호흡하는 공기는 보통 공기와 같으므로 대략 20％의 산소와 80％의 질소로 구성되어 있다. 잠수 중에는 수압과 같은 압력의 공기를 사용하게 되므로 수심 10m인 경우 2기압, 20m면 3기압의 공기를 호흡하게 된다. 이때 잠수부의 폐에 들어간 질소 기체는 서서히 혈액에 녹아 혈관과 조직에 침입해 들어가게 되는데 깊게 잠수할수록 녹아드는 질소의 양은 많아지게 되어 체내의 질소량은 1기압 상태의 포화도를 넘게 된다. 잠수부가 수면으로 부상할 때에는 질소는 서서히 기체가 되어 폐로 방출되는데 이때 기준 상승 속도보다 빨리 떠오르면 체내에 녹아 있는 질소는 폐를 통하여 방출하지 못하고 그대로 기화하여 혈관 속에 남아 혈액의 순환에 지장을 주거나 국부의 조직을 파괴시키는데 이러한 병을 잠수병이라 한다. 증상은 아주 심한 통증과 더불어 전신 마비 혹은 근육의 경직을 일으키게 되며 이런 통증이 며칠간 계속된다.

잠수병의 치료는 특별히 고안된 기압 탱크를 사용하여 잠수부가 잠수한 깊이만큼의 압력을 준 후 서서히 감압하는 방법밖에 없다. 이밖에도 잠수부가 깊은 곳에 잠수한 후 호흡을 멈추고 떠오를 경우, 폐속의 공기가 갑자기 팽창되어 폐가 터지거나 조직이 파괴되는 공기 전색증에 걸릴 위험이 있는데 이것도 잠수병의 일종이며, 이는 스쿠버 잠수부에만 해당되며 해녀들과 같이 맨몸으로 숨을 멈추고 잠수하는 경우에는 일어나지 않는다.

딸꾹질은 왜 하는 걸까?

딸꾹질은 기가 배꼽 아래에서 위로 치밀어 올라가 입으로 나오면서 소리가 나는 것인데, 그 소리는 짧고도 자주 나온다. 이를 일부 책에서는 열, 홍역, 해역이라고도 한다.

소화기 계통에 질환이 있을 때나 기혈이 약했을 때 한, 열, 담에 기가 장애를 받아서 발생되는데 실증과 허증으로 구분할 수 있다.

딸꾹질 증상으로는 내상으로 인하여 장기간 앓아서 위가 약해지고 안면이 창백하며 사지가 싸늘하고 대변이 묽은 것은 허증에 속하며, 외부 감각으로 인하여 위가 열감이 있고 안면 빛은 붉고 몸에 열이 나며 대변이 굳은 것은 실증에 속한다.

또한 위는 허한데 횡격막 위가 열감이 있으며 기가 잘 오르내리지 못하는 것 등으로도 딸꾹질이 생긴다. 딸꾹질이 계속 나면서 숨을 쉬지 못하면 위험하다. 딸꾹질이 계속 나는 것은 실증이고 반시간 정도에 한 번씩 나는 것은 허증인데 이것은 극히 위험하다.

딸꾹질을 멈추기 위해서는 심호흡을 반복하거나 숨을 깊이 들이마신 채로, 또는 숨을 힘껏 토해낸 채 할 수 있는 만큼 숨을 멈추거나, 찬물을 단숨에 많이 마시거나, 깜짝 놀라게 하거나, 등을 두드리거나, 목이나 목덜미를 얼음으로 차갑게 하는 등의 방법을 이용하면 된다. 오랜 병 질환 끝에 딸꾹질이 계속 나면 앞으로 기가 끊어질 징조이므로 주의를 기울여야 한다. 이와 같은 경우에는 침에만 의존하지 말고 약물 치료를 배합하여야 한다.

멀미는 왜 하는 걸까?

멀미 때문에 장거리 여행이 두려운 사람이 많다.

그렇다면 멀미는 왜 하는 걸까?

멀미가 나는 이유는 귀의 가장 안쪽에 있는 내이(안쪽 귀)의 균형을 유지하는 평형감각 기관 때문이다. 귀는 청각뿐만 아니라 몸의 기울어짐이나 회전 등을 느끼는 평형감각 기관이기도 하다.

내이에는 회전감각을 느끼는 세반고리관이 있는데, 지나친 자극이 이 세반고리관 속의 액체가 3개의 반원형 관 속을 동시에 빠르게 흐르게 하여 서로 상충하는 신경 신호를 뇌에 전달하므로 뇌가 판단에 혼란을 일으켜 멀미가 오게 되는 것이다.

전형적인 멀미 증상은 피로, 현기증, 구토 등이 있다. 일반적으로 멀미약이 효과가 있기는 하지만, 어떤 것은 졸음을 유발하기 때문에 운전을 하는 경우는 사용을 금해야 한다. 차가 출발하기 전에 충분한 휴식을 취하고 식사는 가볍게 하며, 차 안의 공기를 신선하게 유지하면 멀미를 어느 정도 줄일 수 있다.

두개골의 봉합선이란 어떤 것일까?

우리 인간의 두개골은 머리 부분을 형성하는 8종류의 뼈와 얼굴 부분을 구성하는 14종류의 뼈로 구성되어 있다. 태아 무렵에는 이들 뼈가 느슨하게 결합해 그 경계부에는 실처럼 가느다란 금이 나있다.

이 봉합선은 들쭉날쭉한 곡선을 그리고 있어 두개골의 부분 부분이 떨어지지 않도록 튼튼하게 고정하고 있다.

인간이 태어났을 때 이들 뼈의 접합부는 고정되지 않고 연골인 채있다. 이것은 태아가 어머니의 자궁을 수월하게 빠져나오게 하기 위해서이다.

때로는 태어나 얼마 후까지도 머리 꼭대기의 접합 부분이 연골인채 남아 있는 경우가 있다. 그러나 얼마 지나면 이것도 단단한 뼈가되어 전체가 튼튼한 상자처럼 내부를 보호한다.

40세가 될 무렵에는 모든 뼈 중에 4분의 3이 유착해 굳어지게 된다.

하품은 왜 하는 걸까?

사람들은 잠이 오려고 할 때나 무료할 때 일어나는 무의식적인 호흡동작으로 하품을 하게 된다.

사람이 공기를 들이마셨다가 내쉴 때를 보면 처음 들이마신 산소의 양이 약 5% 정도로 줄어들어서 나온다. 그런데 산소가 줄어드는 것과는 반대로 본래 소량이었던 이산화탄소는 상당한 양으로 늘어나서 공기 중에 퍼지게 된다.

결국, 하품이란 공기 중에 산소의 양이 줄어들고 이산화탄소의 양이 많아져 우리 몸이 필요로 하는 충분한 양의 산소를 취할 수 없게 되었을 때 하게 되는 일종의 생리작용인 것이다.

따라서, 외부의 공기가 잘 드나들지 못하는 실내에 여러 사람들이 함께 모여 있다 보면 공기 중의 산소는 줄어들고, 이산화탄소는 늘어나기 때문에 자연스레 하품이 나오게 되는 것이다.

아픔을 빨리 느낄 수 있는 까닭은?

우리 몸의 신경계는 약 100억 개의 신경 세포로 된 네트워크로 이루어져 피부나 몸 안의 기관 모두 이 신경계로 꽉 짜여져 있다. 또한 중추 신경계의 세포는 자극 신호가 필요한 장소에 정확하게 전달될 수 있도록 보호막으로 덮여 있다.

만약 실수하여 망치로 손가락을 치면 그 아픔의 신호는 눈을 깜빡이는 것보다 더 빨리 뇌에 도달된다. 자극 신호가 전달되는 속도는 사람에 따라 큰 차이가 있으나 대체로 초속 100m 정도로 권총 탄환 속도의 8분의 1정도라고 알려져 있다. 몸 속에 있는 몇 백만 개의 세포가 이 자극을 뇌에 전달한다는 사실을 생각하면 실로 그 속도는 놀라운 것이 아닐 수 없다.

신경 세포에는 신경의 흥분을 세포체에 전달하는 가느다란 수상돌기가 있고, 이것이 세포체에서 돌기 쪽으로 흥분을 전달하는 신경돌기와 접촉하고 있어 신호를 전달시키고 있다.

왜 색맹이 되는 걸까?

색맹이란 어떤 종류의 색채, 가령 초록이라든가 빨강을 정확하게 식별하지 못하는 상태를 말한다. 빨강과 초록 이외의 경우도 있으나 이것은 아주 드물다. 색맹은 선천적이며 반성유전하므로 성염색체 상에 원인이 있고 대부분 남성에게서 많이 나타난다.

눈의 망막에는 간상 세포와 원추 세포가 있다. 흔히 사물을 볼 때 망막상에는 동시에 2장의 화상이 동시에 연결된다. 간상 세포는 빛의 강도를 느끼는 세포로 색을 느끼지는 못한다. 이 세포에는 시홍이라는 색소가 포함돼 있어 명암을 검지할 수 있다.

원추 세포는 색채 정보를 검지하며 망막 전체에 약 700만 개 가량 존재한다. 간상 세포도 원추 세포처럼 시신경과 연결되어 있다. 시신경은 명암의 이미지는 간상 세포에서, 색의 이미지는 원추 세포에서 포착해 뇌로 보낸다. 하지만 이 원추 세포가 빛에 따라 자극되는 작용 원리와 원추 세포 안에서 시신경에 최초의 자극을 주는 색소가 무엇인지는 아직 확실히 밝혀지지 않았다.

모든 원추 세포가 똑같은 색소를 가지고 있는 것이 아니라 적어도 3종류의 색소가 있는데, 빨간빛, 초록빛, 그리고 푸른 보랏빛을 느낀다는 것을 최근 실험에서 알게 되었다. 색맹은 원추 세포 속에서 빨간빛과 초록빛을 느끼는 색소에 문제가 있다고 할 수 있는데, 어떤 색소의 결여가 원인인지, 아니면 처음부터 두 가지 색을 식별하는 메커니즘의 결여 때문인지 지금도 밝혀지지 않고 있다.

모기에 물렸을 때 침바르면 소독이 될까?

모기에 물려 가려운 피부를 긁어 급기야 시뻘겋게 부풀어올라도 연고 하나 사서 바를 수 없었던 시절 긁지 말고 열심히 침을 바르라고 하시던 할머니의 말씀이 생각난다.

침을 바르면 신통하게도 부기와 가려움이 없어지는 것을 확인할 수 있었다. 침이 소독약 기능을 한다고 어렴풋이 헤아리던 기억은 나만의 경험이 아니라 믿는다. 정말 침이 소독작용을 갖고 있을까? 그렇다면 침 속에는 무슨 성분이 들어 있어 소독작용을 하는 것일까?

우리 입 속은 항상 침으로 젖어 있다. 음식물을 씹으면 침이 섞여 음식물을 부드럽게 만들어줄 뿐 아니라 소화도 쉽게 해준다. 그러나 침은 그 이상의 역할을 한다.

병원균을 포함해 많은 유해물질이 우리 입을 통해 몸 안으로 들어 온다. 그렇다고 해서 이들 병원균 때문에 우리가 매번 병에 걸리는 일은 없다. 이는 바로 침의 소독작용 덕분이다.

10여 년 전에 발표된 보고서에 따르면 침은 단순한 소독작용 뿐아니라 곰팡이에 들어 있는 발암성 물질인 아플라톡신 B_1과 일부 음식물이 탈 때 생기는 벤조피렌 등을 거의 100% 비활성화시키는 능력을 갖고 있다고 한다. 또한 이밖에도 여러 가지 다른 독성물질도 무력화시키는 것으로 밝혀졌다.

건강한 사람의 침에는 10가지 이상의 효소와 10여 가지 이상의 비타민, 그리고 10여 가지의 무기원소가 들어 있다. 이밖에도 침에는 호르몬, 단백질, 포도당, 락트산, 요소 등 여러 가지 화합물이 섞여 있다. 이 중에서 과산화물을 분해시키는 효소인 퍼옥시디아제와 비타민 C가 침의 소독 효과를 가장 두드러지게 한다.

우리는 어릴적부터 음식물을 열심히 씹어 먹으라는 충고를 들었다. 음식물을 잘게 씹어 먹으면 침이 골고루 섞이게 하여 소화 작용을 도와주며 음식물에 섞여 있는 여러 가지 병원균에 대해 소독작용을 할 수 있게 한다.

따라서 침은 한 손에는 소독의 창을, 또 한 손에는 소화의 칼을 들고 있는 믿음직한 인체의 수문장이라고 할 수 있겠다.

우리 옛날 어른들은 손가락을 베어 피가 나면 얼른 피를 짠 후 상처에 침을 바르도록 하는데 이것은 손가락을 베었을 때 혹시 들어갔을지도 모를 병원균을 밖으로 내몰기 위해 피를 짜고서는 상처를 핥아 소독하도록 한 지혜로운 민간 의술이 아닌가 싶다.

신기하게도 개나 고양이 같은 동물도 상처에서 피가 나면 그곳을 열심히 핥는다.

이들도 본능적으로 침의 소독작용을 알고 있다는 뜻일까?

인간복제는 가능한 일일까?

인간복제 이것은 바야흐로 '프랑켄슈타인' 이래의 꿈이기도 하다. 이러한 발상은 1828년에 독일 괴팅겐 대학의 프리드리히 뷀러가 실험실에서 요소를 합성하는 데 성공한 일에서부터 시작된다.

당시 요소는 인간이나 동물의 혈액, 임파액, 오줌 등에서 볼 수 있는 화합물로 신장에서만 만들어진다고 생각되었다.

그러나 현재는 이산화탄소와 암모니아를 원료로 해서 공업적으로 대량 합성하여 비료나 플라스틱 생산에 사용하고 있다.

최근에는 ACTH라는 부신피질자극호르몬의 합성이 보고되었는데 ACTH는 뇌하수체 중엽에서 합성되며 그 이유는 부신 등의 기관의 활동을 자극하는 작용을 한다. 이 호르몬의 합성은 의료의 장래를 크게 변혁시킬지도 모른다. 치료나 의학 연구에 필요한 천연 단백질을 인간의 손으로 합성할 수 있다는 사실이 가능성을 열었기 때문이다.

궁리할 때 어느 쪽으로 고개를 기울일까?

뭔가 깊이 생각할 때 정면을 바라보고 있는 경우는 거의 없다. 대체로 위나 옆을 향한 채 생각에 잠기게 된다.

1964년 미국의 한 심리학자의 실험 결과에 의하면 '12×13은 얼마인가?' 와 같은 질문을 던졌을 때 왼쪽을 보면서 생각에 잠기는 버릇이 있는 사람과 오른쪽을 보면서 생각에 잠기는 버릇이 있는 사람이 확연히 구분되었다고 한다. 즉 왼쪽을 보는 버릇이 있는 사람은 10회의 질문 가운데 7회 이상을 왼쪽으로 고개를 돌렸다고 한다.

이는 좌뇌와 우뇌의 기능이 다르기 때문이라고 한다. 뇌는 좌뇌와 우뇌로 나뉘어 있는데 좌뇌는 이론적인 것을 담당하고 있으며, 우뇌는 감수성과 관련된 부분을 담당하고 있다. 그런데 좌뇌는 신체의 오른쪽과 연결되어 있고, 우뇌는 신체의 왼쪽 부분과 주로 연결되어 있다.

좌측을 주로 이용하는 사람은 우뇌가 발달되어 있기 때문에 그림이나 음악과 같은 예술 분야에서 뛰어난 소질을 발휘한다고 하는 말도 여기에서 비롯된 것이다.

조금 과장이 있기는 하지만, 오른쪽을 자주 보는 사람은 수학이나 과학에 뛰어나고, 왼쪽을 보는 사람은 이미지 선행형으로 음악이나 종교, 문학에 뛰어난 능력을 발휘한다고 할 수 있다.

태어난 아이가 '으앙' 하고 우는 이유는?

아기들은 태어나면서 꼭 '으앙' 하고 울음을 터트린다. 대부분은 간호원이 아이의 엉덩이를 때려 그렇게 울리는데 왜 그러는 걸까?

태아가 엄마의 자궁 속에 있을 때는 양수 속에서 수중생활을 한다. 이때 태반을 통하여 영양분과 공기를 공급받기 때문에 허파는 크게 이용하지 않는다.

하지만 태아가 엄마의 뱃속에서 밖으로 나오게 되면 공기중에서 생활해야 한다. 즉, 이것은 허파를 이용한 호흡을 해야 한다는 것이다. 아기가 울음을 내뱉으면 그때까지 공기가 들어 있지 않아서 수축해 있던 허파로 공기가 들어가면서 허파가 활짝 펴지며 본래의 기능을 찾아 허파 호흡을 하게 되는 것이다.

왜 자면서 코를 고는 걸까?

피리를 불어본 적이 있는가? 적당한 풀잎을 입에 물고 숨을 내뿜으면 잎이 떨면서 소리가 난다. 입 속에도 혀 바로 위에 구개수라고 불리는 부분이 있는데 이것이 풀잎처럼 숨이 드나들면서 진동하여 코를 골게 된다.

미국 의학회의 추정에 따르면 미국인 전체 인구 중 2,500만 명이 코를 곤다고 한다. 물론 이 중에는 아데노이드(편도의 증식성 비대증)나 편도선이 부은 사람, 굽은 비골 때문에 늘 코가 막혀 고생하는 사람도 있다. 그런 사람은 간단한 수술만 하면 금방 코를 골지 않게 된다.

그러면 사람에 따라서 코 고는 소리의 크기가 다른 것은 무엇 때문일까? 굉장히 큰 소리를 내는 사람도 있고 희미한 소리를 내는 사람도 있다.

이것은 진동하는 구개수의 두께나 유연함, 그 크기가 사람에 따라 다르고, 그곳을 통과하는 공기의 힘에도 큰 차이가 있기 때문이다.

흉선은 어떤 기능을 할까?

예전에는 흉선을 맹장의 돌기처럼 아무 기능도 없는 진화의 유물로만 생각해 왔다. 그러나 현재 흉선의 중요성을 의심할 사람은 아무도 없다.

흉선은 유아기에는 16g 정도의 크기지만 성장할수록 커져 사춘기가 되면 100g 정도나 되며, 그 이후에는 점차 수축하여 50세가 되면 3분의 1까지 줄어든다. 흉선은 물방울 같은 모양을 한 노란 회색 조직으로 손목시계 정도 되는 크기로 가슴뼈 맨 위에 붙어 있다. 이것은 어린 시절부터 사춘기까지의 기간 동안 여러 질병에 대해 방어 기능을 한다. 즉 림프액을 만드는 외에 비장이나 림프계 그 외의 기관의 활동을 자극하는 호르몬을 분비하기도 한다.

아주 조금이라도 병에 감염될 가능성이 있으면 흉선이 만드는 림프구에서 항체가 분비되어 침입자를 공격하는 것이다. 이때의 침입자란 세균이나 월리스 곰팡이 등의 균류와 이물조직, 다른 생체의 단백질 등이다. 흉선에는 몇백만 종이 되는 항체가 준비되어 있어 그것이 병원체와 싸우고 있다. 그러나 50세가 지나면 그 같은 면역 반응이 늦어져 흉선은 더이상 림프구를 생산하지 않고 방어 시스템도 작동하지 않게 된다. 이런 기능 저하는 흉선이 위축 소멸했기 때문인 것으로 생각되며 노화 현상의 하나로 알려져 있다.

앞으론 이 호르몬을 이용하여 노화 현상을 늦추고 수명을 연장하는 날이 올지도 모르겠다.

담배연기는 인체에 어떤 영향을 미칠까?

담배는 인체에 어떠한 영향을 미칠까?

담배가 탈 때 담배 끝 부분의 온도는 850℃까지 올라간다. 이때 담배 속에 들어 있던 성분 물질들이 높은 온도로 인하여 여러 가지 화학반응을 일으켜 3600종류 이상의 물질이 생성된다. 그런데 문제는 흡연을 통해 담배 연기 속에 포함되어 있는 400여 종이나 되는 독성 물질도 함께 인체로 들어간다는 점이다.

탄소의 불완전 연소에 의해 발생하는 일산화탄소는 그 대표적인 유해 물질이다. 산소가 충분한 담배의 불 바깥쪽 부분에서는 이산화탄소가 발생하지만, 산소가 불충분한 불의 안쪽 부분에서는 일산화탄소가 발생한다. 실제로 담배 연기 속에는 대기오염의 900배가 넘는 일산화탄소가 들어 있다.

담배 연기와 함께 폐로 들어간 일산화탄소는 혈액 속에서 산소보다 200배나 빠르게 헤모글로빈과 반응하여, 헤모글로빈이 우리 몸에 산소를 운반하는 것을 방해한다. 따라서 뇌에 충분한 산소가 공급되지 못하여, 중추 신경계의 기능이 둔해지고 만성적인 일산화탄소 중독 상태에 빠져 있게 된다. 특히 임산부의 혈액 속으로 들어간 일산화탄소는 태아가 필요로 하는 산소의 공급을 방해함으로써, 태아에게 치명적인 영향을 미친다고 한다.

사람마다 햇빛에 타는 정도가 다른 까닭은?

피부 화상은 태양의 자외선을 너무 받았기 때문에 일어나는 피부 염증의 일종이다. 우리들의 피부에는 멜라닌이라는 어두운 색을 띤 색소가 포함되어 있는데, 이것은 피부 속에 있는 멜라노사이트라고 하는 세포에서 만들어진다.

피부가 자외선을 받게 되면 멜라닌은 이 자외선을 흡수한다. 이와 같은 자외선의 자극에 의하여 멜라노사이트는 열심히 멜라닌을 만들기 시작하는 것이다. 즉 피부가 자외선을 받으면 멜라닌의 생성 반응이 가속화되는 셈이다.

멜라닌이 생성되는 속도가 빨라지면 피부가 검어지는데 너무 오랜 시간 동안 자외선을 받게 되면 멜라노사이트도 더이상 멜라닌을 만들지 못하게 된다.

이렇게 되면 여분의 자외선이 피부 조직에 직접 받게 되어 혈관이 확장되어 빨개지게 된다. 이때에는 병원에 가서 의사의 처방을 받아야 한다.

그런데 멜라닌 색소의 생성 속도는 개인에 따라 다르므로 해수욕을 가서 피부가 아름다운 갈색으로 그을리는 사람이 있는가 하면 화상을 당한 것처럼 참혹하게 되는 사람도 있다. 햇빛에 의해 화상을 입은 자국은 이윽고 수포가 생기면서 한꺼풀 벗겨지면서 원래의 흰 피부로 돌아오게 된다.

혈액형에는 몇가지 종류가 있을까?

인간의 혈액형은 사람마다 각기 다르다. 이를 맨 처음 발견하여 보고한 것이 1930년에 노벨 의학 생리학상을 수상한 카를 란트슈타이너 박사였다.

이 박사는 혈액을 혼합했을 때 적혈구가 굳어지는지 어떤지에 따라 인간의 혈액형은 4종류가 있다는 사실을 발견하였다.

수혈할 때 혈액형의 판정은 아주 중요한 포인트가 된다. 즉 환자의 혈액형에 맞지 않는 혈액을 수혈하면 피가 엉겨(혈전)붙어 생명이 위험해진다. 이 혈액형은 나중에 A, B, O, AB로 명명되었다.

O형의 혈액 소유자는 다른 혈액형 소유자에게도 수혈이 가능하다. 그러나 거꾸로 수혈을 받는 것은 O형의 혈액에만 가능하다.

또한 AB형은 다른 어떤 혈액형도 수혈받을 수 있다. 하지만 AB형 이외의 사람에게는 수혈하지 못한다. A형 혈액은 B형 혈액과 반응하면 굳어지는데 B형 혈액은 A형 혈액을 응고시킨다. 란트슈타이너 박사는 이 밖에도 많은 혈액형을 발견하였다. 그 중에서 유명한 것이 MN형, 그리고 Rh형이다.

현재는 이외에도 수십 종의 혈액형이 있는 것으로 알려져 있으며 주로 친자 관계 감별 등에 이용되고 있다. 일란성 쌍둥이 외에는 모두가 다른 혈액형이 되는데 모든 혈액형의 짜맞추기(조합수)는 현재 생존하고 있는 인간 수효의 몇만 배가 될 것이다.

5

생활 속의 과학

과학 하면 딱딱하고 어렵고 복잡하다는 생각을 많이 한다. 그러나 우리 주변
에서 일어나는 많은 일들이 과학과 연관되어 있다고 하면 고개를 가우뚱할
것이다. 매일 벌어지는 일상생활 속에는 무수히 많은 과학이 담겨 있다. 이제
주변에서 일어나는 일상생활 속에 숨어 있는 과학적 사실들을 찾아내어 과
학이 얼마나 생활 속에 깊이 뿌리내리고 있는지 살펴본다.

낙하산을 펴면서 착지할 때 기분은 어떨까?

스카이다이빙은 낙하산을 메고 하늘에서 뛰어내리는 것인데, 단순히 떨어지거나 추락하는 것이 아니라 하늘을 나는 것이다. 보통 3천~4천m 상공에서 뛰어내리면 낙하산을 펴는 안전고도인 8백m까지 45초~1분 동안 하늘을 난다

그렇다면 낙하산을 펴면서부터 착지할 때까지 상황은 어떠할까?

일단 허벅지 뒤에 있는 보조낙하산을 빼내 뒤로 던지면 보조낙하산이 바람을 받아 펴지며 낙하산 배낭의 개방판을 뽑아낸다. 낙하산 줄이 차례로 풀어지면서 바람을 받은 낙하산이 부풀기 시작한다. 낙하산을 펴야 하는 안전고도는 2천5백ft(750m)이다. 이것은 주낙하산이 안 펴질 때 예비낙하산을 펼 수 있는 여유고도다. 만일 이보다 낮은 고도에서 주낙하산이 안 펴지는 경우에는 예비낙하산을 펼 시간이 없기 때문에 꼭 지켜야 하는 안전고도인 것이다.

낙하산이 이상 없이 펴졌다는 것을 확인하면 착지 장소인 강하장이 어디인지 찾기 위해 아래를 좌우로 둘러본다. 시야를 밝게 하기 위해 방풍안경을 헬멧 위로 벗어 올리고, 양쪽 조종 손잡이를 당기며 회전을 시도한다.

일단 뒷바람을 받아 강하장을 향해 시속 60km 이상의 빠른 속도로 전진한다. 그러다 목표 지점 상공에 다다르면 몸의 방향을 반대로 틀어 맞바람을 받으며 시속 30km 속도로 천천히 떨어진다. 다른 낙하산들과 충돌하는 사고를 대비해 사방을 충분히 경계하며 지상 2~

3m 상공에서 양쪽 낙하산 조종 손잡이를 동시에 당긴다. 그러면 낙하산의 양쪽 뒷날개가 내려와 전진속도를 감속시키면서 양력을 최대로 받아 사람이 사뿐히 착지하도록 도와준다.

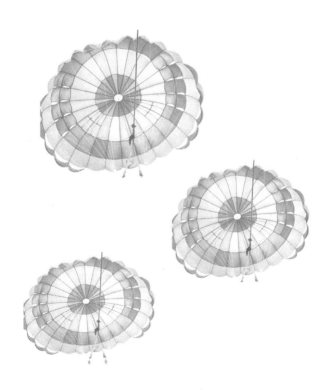

물먹은 종이가 쭈그러드는 이유는?

비가 많이 오는 날 책가방을 열어봤더니 책이 젖어 쭈그러든 경험이 한두 번씩은 있을 것이다.

이 현상을 한마디로 설명하기는 어렵지만 종이의 분자 구조나 재료의 성질 등을 생각해 보면 대략 몇가지로 정리할 수 있다. 우선 종이를 구성하는 물질 중에 물에 잘 녹는 풀이나 젤라틴 등이 섞여 있다는 것을 들 수 있다. 이 물질들은 종이가 만들어질 때 그 섬유질 사이에 끼어 들어 공간을 차지한다. 그러다가 종이가 젖으면 물에 녹아들면서 섬유질 틈에서 사라지게 된다.

즉 종이의 전체 부피가 감소하게 되는 것이다. 또 종이를 구성하는 고분자 물질의 배열 상태 변화도 이와 관련이 있다. 종이 내부에 여러 장의 종이를 쌓아 올린 모양으로 분자의 층이 존재하고, 이 층들은 '수소 결합' 을 통해 붙어 있는데, 물에 젖으면 이 결합이 파괴되면서 분자층들이 서로의 사이로 미끄러져 더 가까이 접근하게 된다. 이런 현상은 대부분의 섬유에서도 발생하며 종이와 옷에 주름이 가는 원인이기도 하다.

압력밥솥의 원리는?

일반적으로 압력밥솥에 밥을 하면 일반 솥에 밥을 하는 것보다 빨리 익는다고 한다.

냄비의 물은 100℃에서 끓는다. 냄비의 물에 아무리 열을 가해도 온도는 더이상 오르지 않는다. 이때 가하는 열은 모두 물을 수증기로 증발시킬 뿐이다. 그러나 압력솥은 밀폐된 뚜껑이 있어 물이 끓을 때 생기는 수증기가 밥솥 밖으로 빠져나가지 못한다. 이는 밥솥 내부의 압력을 상승시킨다. 압력이 높아지면 물의 끓는 점도 높아진다. 즉, 100℃보다 높은 온도에서 물이 끓는다. 따라서 조리하는 온도가 높아져 음식을 익히는 데 필요한 시간이 단축된다.

가정용 압력솥은 1679년 프랑스의 물리학자 드니 파팽이 영국에서 특허를 낸 '증기찜통'을 개량한 것이다. 일반적인 현대식 압력 밥솥은 내면에 $1cm^3$당 $1Kg$의 압력을 받는데 이는 보통 기압의 두배에 가깝다. 따라서 물은 122℃에서 끓는다. 압력밥솥은 냄비와 비슷한 몸체와 돔형의 뚜껑으로 이루어져 있다. 몸통과 뚜껑 사이에는 고무로 만든 가스킷이 설치되어 압축된 공기가 새어나가지 않도록 밀폐한다. 뚜껑 중심부에는 무거운 마개가 달린 배기구멍이 있다. 배기구멍은 마개에 의해 밀폐되어 있지만 내부의 압력이 일정한 기준에 도달하면 열리게 된다. 배기구멍의 마개에 링을 부착하거나 제거함으로써 밥솥 냄비의 온도를 변화시킬 수도 있다.

배가 물 위로 뜨는 이유는?

나무 조각을 물에 던지면 뜬다. 나무 조각의 바닥에 작용하는 힘 중 위로 향하는 힘(부력)이 아래로 작용하는 힘(나무 조각 무게)보다 크기 때문이다. 돌멩이를 물이 가득 담긴 비커에 넣었을 때 넘치는 물의 무게가 바로 부력의 크기가 된다.

나무는 밀도가 물보다 작기 때문에 뜨지만 돌멩이는 물보다 크기 때문에 가라앉는다. 물의 밀도란 물의 깊이에 관계없이 일정하며 돌멩이가 밀어내는 물의 부피도 깊이와 관계없이 일정하다.

철의 밀도가 물보다 8배 정도 크기 때문에 무게 1t의 고철 덩어리라면 물 속으로 가라앉을 때 약 8분의 1t의 물을 밀어내게 된다. 이땐 부력이 철이 가라앉는 것을 막기에는 모자란다.

반면 똑같은 고철덩어리를 밥그릇 모양으로 만들면 무게는 여전히 1t이지만 그릇을 물 속으로 밀어 넣을수록 이전보다 더 많은 양의 물을 밀어낼 수 있다(밥그릇 모양으로 만들면 부피가 커진다.) 밀려난 물의 무게가 그릇의 무게와 같아지면 그릇은 더 이상 가라앉지 않고 떠 있다. 그래서 1만t정도 되는 배는 1만t의 물을 밀어낼 수 있도록 넓게 건조되는 것이다.

따라서 큰 배를 잘 뛰우기 위해서는 물의 깊이보다 배의 형태가 중요하다. 하지만 배의 바닥이 닿을 정도로 물이 얕다면 배를 띄울 수 없는 것이다.

끓는 물로 물을 끓일 수 있을까?

물이 든 냄비 속에 물이 담긴 병을 집어넣고 냄비의 물을 끓이면 병속의 물까지 끓어오르게 할 수 있을까? 단 이 실험을 위해서는 병이 냄비 바닥에 닿지 않도록 설치해야 한다.

냄비의 물이 끓으면 곧 병 속의 물도 끓을 것 같이 생각된다. 그러나 병 속의 물도 물론 100℃까지 올라가겠지만 끓지는 않는다. 이와 같이 100℃까지 가열하는 것만으로는 물을 끓일 수 없다.

그 이유는 다음과 같다.

병 속의 물을 덥혀 주는 열원인 냄비 속의 물은 100℃가 된다. 이 온도가 병 속의 물을 100℃까지 가열하여 열적 평형상태에 이르면 냄비의 물에서 병의 물로는 더 이상 열이 전달되지 않는다. 그런데 병속의 물이 증기로 넘어가는 데에는 여분의 잠열(100℃ 물 1g당 500Kcal 이상의 열)이 필요하다.

'병 속의 물이나 냄비 속의 물 모두 유리벽으로 격리되어 있을 뿐 똑같지 않은가? 어째서 냄비 속의 물에서 일어나는 현상이 일어나지 않는단 말인가?' 하는 질문이 나올 수도 있다. 그것은 유리로 된 막 때문에 냄비 속의 대류 운동에 병 속의 물이 동참하지 못하기 때문이다. 즉 냄비 속 물의 모든 입자들은 냄비 바닥에 직접 접촉될 수 있지만 병 속의 물은 오직 물하고만 접촉하고 있는 것이다. 즉, 유리병의 온도는 100℃를 유지하는 것이다.

초전도란 무엇인가?

1908년 네덜란드 라이덴 대학의 K. 오네스는 헬륨 기체의 액화에 성공했다. 이때 그는 액화 과정에서 온도 측정을 위해 금속을 택했는데, 가능한 한 순수 금속을 택하기 위해 정제가 쉬운 수은을 썼다. 이때 절대온도 4K (섭씨온도 −269.15℃) 부근에서 전기저항이 완전히 사라지는 현상을 발견하고 1911년 이를 초전도 현상이라고 발표했다. 즉 초전도 현상은 어떤 온도 이하에서 전기 저항이 제로가 되는 상태이다.

초전도는 전기 저항이 있는 보통 상태(대개 상전도라 부름)와는 여러 가지 면에서 다른 성질을 가지고 있다.

우선 첫째로, 전기 저항이 제로인 '완전 전기 전도성'을 나타낸다. 이때 저항이 없으므로 발열에 의한 전기 손실이 전혀 없다.

두 번째로, 자석이 가까이 있을 때, 그 자기장이 만드는 자기장에 반발하는 물질의 성질을 반자성이라 하는데, 초전도 물질은 '완전 반자성'을 보인다. 주위에 자계가 있다 해도, 그것에 대응하여 물질의 표면에 표면 전류가 흘러 그 자계를 지워버림으로써, 자기장이 물질의 내부로 전혀 들어갈 수 없게 된다. 이것을 '마이스너 효과'라고 한다.

마지막으로 '조셉슨 효과'가 있다. 이것은 두 개의 초전도체 사이에 절연체를 끼워서 조셉슨 접합을 만들면, 그 사이에 절연체가 있는데도 불구하고 일정한 조건에서 한쪽 초전도체에서 다른 쪽으로 전류가 흐르는 현상이다. 이것은 초전도 상태의 전자에 파동적인 성격이 있다는 것을 나타낸다. 또 초전도는 상전도와 구별되는 상태로서 세 가지 임계값으로 표시된다. 임계 온도, 임계 전류밀도, 임계 자기장, 이 세 종류의 임계값은 초전도물질을 실용화할 때 중요한 의미를 갖는다. 따라서 많은 연구자들이 초전도의 임계온도를 높이는데 힘을 쏟아 왔다. 얼마 전까지만 해도 초전도 연구는 BCS이론을 바탕으로 개발이 진척되어 왔다. 이 BCS이론에 따르면 절대온도 약 40K이 한계였다. 하지만 이 이론적 한계값은 맥없이 허물어졌다.

그렇다면 왜 초전도 현상에 관심이 집중되어 있는가? 그것은 '초전도가 트랜지스터, 레이저 이래 금세기 최후의 기술혁명'이라 할 정도로, 그것이 가져올 과학적, 문화적, 사회적 반향이 너무나도 크기 때문이다. 초전도체의 응용은 초전도체의 임계값을 극복하는 정도에 따라 급속히 발전할 것이며, 현재의 방식을 개선하는 단계에서 점차 새로운 원리를 응용, 지금까지 나타나지 않는 방식의 개발로 발전할 것이다.

임계온도에서 초전도 물질로 된
동전이 떠오른 모습

이스트는 어떻게 밀가루 반죽을 부풀릴까?

이스트가 빵을 만드는 밀가루 반죽을 부풀린다는 사실은 누구나 알고 있다. 하지만 이스트가 현미경으로 볼 수 있는 크기의 미생물임을 알고 있는 사람은 별로 없다.

이스트는 버섯류와 같이 균류에 속하지만 조건이 갖추어지면 급속하게 증식한다. 증식은 세포 분열에 의한 것 외에 출아에 의한 무성생식도 일어난다.

원래 출아는 이스트균의 세포 중 일부에 생긴 혹 같은 것으로 어느 정도 크면 본체에서 떨어져 원래의 이스트균과 똑같게 성장한다.

세포 분열의 경우에는 균체가 대체로 같은 크기의 두 단위로 분열한다. 이스트균이 증식하면 치마아제와 인베르타아제라는 효소가 만들어진다.

밀가루 반죽에 이스트를 넣은 후 천으로 덮어두면 점차 부풀어오른다. 이와 같이 이스트를 첨가하는 것은 발효할 때 생기는 이산화탄소가 빵의 소재를 부풀게 하기 때문이다.

밀가루 전분은 이스트에서 생긴 효소의 작용에 의해 먼저 당의 단계로까지 분해되지만 이것이 다시 다른 효소로 분해되면 이산화탄소와 에틸알코올이 된다. 이산화탄소가 발생하여 반죽 안에 모이면 빵소재가 구멍이 많이 뚫린 스펀지처럼 부풀어 가벼워진다. 빵을 구우면 이스트균은 열 때문에 죽어 버리고 알코올분은 사라진다.

빵을 구울 때는 문을 힘껏 닫아서는 안 된다. 약간의 공기 흐름조차

모처럼 부푼 빵 소재를 파괴할지도 모르기 때문이다.

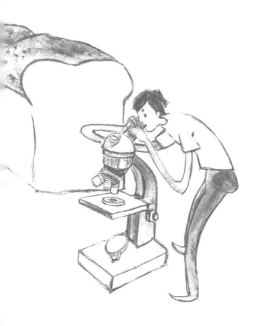

자동문에 접근하면 어떻게 문이 열릴까?

가까이 가기만 해도 활짝 열리는 자동문이 마술처럼 여겨질지 모른다. 하지만 이것은 과학자들이 오랫동안 연구해 온 결과이다.

세슘이나 루비듐, 나트륨, 칼륨 등의 금속은 빛을 받으면 전자를 방출한다. 전자는 마이너스에 대전한 조그만 소립자다. 이들 금속 곁에 플러스에 대전한 전극을 두면 전자가 이에 끌려 전류가 흐르게 된다. 물론 그 전류는 아주 미미하다. 이러한 짜임새를 그대로 진공의 구 속에 조립한 것을 '광전관'이라고 한다.

광전관의 절반은 빛을 느낄 줄 아는 물질에 덮여 있고 다른 절반은 투명하게 되어 있다. 외부에서 빛이 들어오면 빛을 느끼는 부분에 닿아 전류가 흐르게 된다. 그리고 이 전류는 광전관의 중심부에 있는 소용돌이 모양을 한 구리의 양극으로 흐른다. 양극은 전자를 효율적으로 끌어들이는 구조이다.

여기서 흐르는 전류는 아주 미약하지만 증폭기를 사용하여 증폭시키면 문의 모터에 신호를 보낼 수 있다. 빛의 광원은 통로 한쪽 옆면에 세트하고 마주 보는 반대쪽 벽에 광전관을 놓고 빛이 통로를 직각으로 가로질러 가도록 하면, 광원에서 나온 빛이 광전관에 가 있을 동안은 문이 닫혀 있도록 하는 것은 간단하다. 만일 누군가 걸어와 이 빛의 광원을 막으면 광전관의 명령으로 문의 모터가 시동돼 저절로 문이 열리게 된다. 요즘은 세슘 광전관이 아니라 셀렌화 카드뮴 등을 이용한 광센서가 많이 사용되고 있다.

싱크대 물은 어느 쪽으로 돌며 빠지나?

욕조나 싱크대, 배수구에 고여 있던 물이 빠질 때에는 어느 한쪽 방향으로 소용돌이치며 빠진다. 욕조의 구조나 외부영향 등 변수가 없다면 소용돌이의 방향은 일정하다. 우리나라를 비롯한 지구 북반구에서는 시계 반대 방향, 호주나 뉴질랜드 같은 남반구에서는 시계 방향으로 돌면서 빠져나간다.

이것은 지구의 자전으로 인한 전향력(轉向力) 때문에 일어나는 현상이다. 이를 처음 발견한 프랑스 과학자의 이름을 따서 코리올리 힘이라 부른다. 코리올리 힘은 북반구에서는 유체가 진행하는 방향의 오른쪽, 남반구에서는 그 반대쪽으로 작용한다. 그 크기는 적도에서 가장 강하고, 극에서 0이 된다.

태풍이나 대포의 탄도 등은 코리올리 힘이 잘 반영되는 사례다. 적도 근방에서 발생해 북상하는 태풍의 진로는 오른쪽, 즉 동쪽으로 휘게 된다. 태풍의 중심에서 일어나는 소용돌이 또한 이 힘 때문에 시계 반대 방향으로 일어난다. 대포를 적도 부근에서 북쪽을 향해 발사할 경우 탄도는 동쪽으로 휘고, 북극에서 남쪽을 향해 발사할 경우에는 서쪽으로 휜다.

문제는 이처럼 지구적 범위에서 일어나는 현상이 욕조의 물같이 미세한 운동에서도 생길 수 있느냐는 것이다. 이를 입증하기 위해 과학자들은 많은 실험을 했다. 그 결과 외부에서 전혀 힘을 가하지 않는 조용한 상태의 물은 태풍과 동일한 방향으로 소용돌이를 일으키며 빠진다는 사실을 확인했다.

　그러나 지구의 자전이 욕조의 물에 가하는 힘은 대단히 미약하기 때문에, 이 실험을 하기 위해서는 물을 오랫동안 고요한 정지상태로 유지해야 한다. 처음 물을 채울 때 특정한 방향으로 채웠다면, 그 영향은 상상 이상으로 오래 간다. 과학자들은 이 오차를 극소화하기 위해 물을 채운 뒤 최소한 하루, 길게는 일주일 이상 기다렸다고 한다.

자동차 유리가 부서져 내리지 않는 이유는?

자동차 유리는 일반적으로 창유리와는 다른 특성을 가지고 있다. 망치로 세게 때려도 자동차 유리는 맞은 부분 근처에 거미줄 모양의 자국이 생길 뿐 창유리처럼 산산조각나지 않는다. 금이 갈지언정 산산이 깨어지지 않는 이런 성질은 자동차 유리의 독특한 구조에서 비롯된다. 자동차 유리는 두 유리층 사이에 투명한 플라스틱 필름이 들어 있는 구조로 돼 있다. 따라서 보통 유리라면 깨어질 정도의 충격을 받아도, 이 필름이 충격을 흡수하고 주변으로 분산시켜 주기 때문에 자동차 유리는 잘 깨지지 않는 것이다. 또 교통사고처럼 견딜 수 없을 정도의 충격이 가해질 때에도, 유리는 산산조각나지 않고 필름에 달라붙은 형태를 이룬다.

또한 자동차 유리는 템퍼링(Tempering)이라는 열처리를 통해 한꺼번에 깨지지 않고 정방형의 조각으로 부서지게 돼 있는데, 이것은 사고가 발생했을 때 날카로운 유리조각으로 인하여 다치는 것을 방지하기 위해서다.

이러한 '안전 유리'(safety glass)는 프랑스의 시인이자 화학자인 에듀워드 베네딕투스에 의해 1910년 고안됐다고 한다.

어둠 속에서도 색깔을 식별할 수 있을까?

깜깜한 밤중에 본 가로수 잎은 녹색이었을까 아니면 까만 색이었을까? 담 위로 뽐내며 활짝 핀 장미꽃은 정말 빨간 색으로 보였을까? 답은 간단하다. 어둠속에서는 우리 눈이 색깔을 식별하는 능력을 잃어버리고 나뭇잎이든 장미꽃이 든 그저 오래된 흑백 TV로 본 어두운 회색으로 느끼기 때문이다.

그 이유는 우리 눈의 망막은 원추형인 추체와 막대형인 간상체에서 빛을 받아들인다. 추체는 천연색에 민감하지만 약한 빛에는 무력한 반면 간상체는 색깔은 구별할 줄 모르지만 매우 약한 빛도 볼 수 있다. 따라서 해가 지고 어두워지면 추체는 색깔 감지 능력을 잃게 되고 간상체가 야간시력을 맡는다.

우리가 정말 야간에 색깔을 구별할 수 있는지 실험해 보기는 그리 쉬운 일이 아니다. 우리가 머릿속에 기억하고 있는 색깔을 마치 보고 있는 물체에서 실제로 느끼고 있는 것처럼 착각하기 때문이다.

야간시력에 대해 믿지 못할 이야기가 더 있다. 우리가 어둠 속에서 어느 대상을 될 수 있는 대로 자세히 보려고 할 때는 우리도 모르게 약간 눈동자를 옆으로 돌려 쳐다본다는 사실이다. 왜 그럴까.

이는 약한 빛에 민감한 간상체가 우리 망막의 가운데보다는 약간 옆쪽에 많기 때문이다. 간상체에는 로돕신이라는 적자색 색소가 들어 있으며 이 색소는 상상을 초월할 정도로 빛에 민감하다. 일반 회중전등이 1초에 약 2 × (10의 10억배)개의 광자를 발산하는데 우리 망막 간상체는 1백 개 광자만 있어도 빛을 식별할 수 있으니 그 감도에 그저 놀랄 뿐이다.

현재 추체보다는 간상체에 관해 더 많이 알고 있으나 아직도 어떻게 신경자극이 생기는지 등에 관해서는 모르는 점이 많다. 우리 몸이 시스 레티날을 만들 때 비타민 A를 사용하기 때문에 비타민 A는 우리에게 필수적인 영양소이며 비타민 A의 결핍은 야맹증을 유발한다.

흔히 당근을 먹으면 눈에 좋다고 한다. 이는 당근에 들어 있는 주황색 베타카로틴이 우리 몸 속에서 비타민 A로 변하기 때문이다. 녹색과 노란색 야채와 함께 주황색 야채도 꼭 섭취하는 것이 영양학적으로 좋다고 하는 까닭은 바로 우리 모두의 시력을 보호하기 위함이다.

접착제에는 어떠한 것이 있을까?

밀가루를 물에 풀어서 끓인 풀은 아직까지 우리 주변의 가장 흔한 접착제이다. 종이나 나무조각 같은 것을 붙이기 위해서 사용하는 접착제는 일상 생활은 물론 산업용으로도 매우 중요하다.

끈적거리는 성질을 가진 화학물질을 적당한 용매에 녹여서 만든 접착제는 강도, 접착 부위의 특성, 마르는 시간, 방수성 등에 따라 다양하게 활용된다.

예로부터 사용되어 오던 접착제로는 밀가루와 같은 녹말로 만든 녹말풀이나 달걀 흰자위 또는 동물성 풀인 아교 등이 있다.

식물성 풀은 한지와 파피루스의 제조에도 사용되었다. 동물의 가죽과 뼈에서 추출한 젤라틴 형태의 동물성 풀인 아교 또는 어류의 뼈에서 얻은 부레풀 그리고 우유에서 얻어지는 카세인과 같은 접착제는 가구 제조에 많이 사용되었다. 접착제의 역사는 무려 5천 년이 넘는다. 고대 바빌론에서는 역청이라는 일종의 아스팔트를 건축용 접착제로 사용했다는 기록도 있다.

녹말풀이나 동물성 아교 또는 수용성 합성 접착제인 폴리비닐아세테이트(PVA)와 같은 경우에는 용매인 물이 증발되면서 접착 성분이 굳어지는 것이다. 이런 접착제는 물이 묻으면 접착력이 없어지는 단점이 있지만 종이와 목재를 접착시키는 데에는 유용하다.

대표적인 합성 접착제인 '에폭시' 접착제는 에폭시 수지에 경화제 또는 촉매를 섞으면 열경화성 플라스틱이 만들어지면서 접착력이 생긴다. 접착력이 우수한 에폭시 접착제는 금속, 목재, 콘크리트, 유리, 세라믹, 플라스틱 등에 다양하게 사용된다.

합성 접착제는 흔히 휘발성이 강한 탄화수소 용매에 녹여서 판매되는데 톨루엔과 같은 탄화수소 용매가 환각 작용을 일으켜서 사회적인 문제가 되기도 한다.

접착제라고 모두 접착력이 강해야 하는 것은 아니다. 스카치 테이프로 잘 알려진 미국의 화학회사 3M은 접착력이 너무 약해서 쓸모가 없다고 여겼던 합성 접착제로 쉽게 붙였다 뗄 수 있는 포스트 잇(Post-It)이라는 메모지를 만들어 성공을 거두기도 했다.

부족한 것도 때로는 매우 유익하게 이용할 수 있는 것이다.

이온음료란 무엇인가?

우리 주위에는 '이온'이란 글이 들어 있는 음료수가 많이 있지만 이온에 대해 명확히 이해하고 있는 사람은 드문 것 같다.

우리가 마시는 이온음료는 향을 첨가한 소금물이라고 생각하면 된다.

이온이란 원자나 분자가 가지고 있던 전자가 빼앗기거나 빼앗아오면서 만들어지는 것을 말한다. 모든 물질은 원자를 갖고 있는데 원자는 서로 다른 전기를 띤 전자와 핵으로 구성되어 있다. 이 전자와 핵 사이에는 서로 당기는 힘이 작용하고 있는데 수소나 나트륨은 이 끌어당기는 힘이 약해 전자를 쉽게 잃을 수 있고 반대로 염소는 이 힘이 매우 강해 주위의 다른 전자를 빼앗아 오기도 한다.

이런 성질을 이용해 물에 소금을 넣게 되면 나트륨은 양이온이 되고 염소는 음이온이 되어 이온수가 탄생하게 되는 것이다. 땀이 많이 날 때 소금을 조금 먹으면 갈증해소에 도움이 되는데 이온음료도 이같은 작용을 한다.

눈길에 염화칼슘을 뿌리는 이유는?

추운 겨울 길이 얼면 염화칼슘을 뿌린다.

그 이유는 무엇일까?

물은 0℃에서 얼지만 물에 소금이나 설탕이 녹아 있으면 0℃에서 얼지 않기 때문에 순수한 물이 들어 있는 물독은 얼어 터져도 소금물이 들어 있는 김장독은 얼어 터지지 않는다. 얼음과 염류를 혼합하면 얼음이 녹을 때 열을 흡수하며 다시 이 물에 염류가 녹을 때 또 다시 열을 흡수해 가므로 낮은 온도를 얻게 되는 것이다. 즉, 얼음과 염류를 잘 흡수하면 얼음이 융해하여 물로 될 때에 융해열을 흡수하며 다시 이 물에 염류가 녹을 때 또 열을 흡수하므로 온도는 차차 낮아져 빙점(얼음과 고체염류의 포화용액이 공존하는 온도)까지 내려간다. 한편 드라이아이스, 알코올, 에테르 등을 혼합하면 더 낮은 온도를 얻을 수 있다.

(예) 소금(1) + 얼음(3) = −15.4℃,

염화칼슘(3) + 얼음(2) = −50℃

겨울철 기온이 영하일 때 눈이 쌓인 도로에 염화칼슘을 뿌려 눈을 녹인다. 이때 눈과 염화칼슘이 녹아서 된 수용액은 −5℃ 정도가 되어야 얼게 된다. 참고로 눈이 녹고 난 도로를 주행하고 온 차는 염소 이온이 금속에 대해 부식성이 크므로 반드시 세차해 주어야 한다.

2+2=4가 아닌 경우가 있을까?

화학의 세계에서는 2+2가 언제나 4가 되리라는 보장은 없다. 이것은 어떤 종류의 물질에나 공통된 특유의 성질로, 이것들이 서로 짜맞추어 결합되면 특별한 형태가 되기 때문이다.

어떤 물질은 다른 물질 속에 넣으면 단독으로 있을 때보다 분자 사이의 거리가 멀어진다. 이 두 종류의 물질을 섞으면 재미있는 결과가 되기도 한다. 가령 10cm³의 물에 6cm³의 설탕을 용해시켰다고 하자. 만들어진 액체는 아무리 재보아도 16cm³가 안 된다.

만들어진 액체, 곧 설탕물의 체적은 겨우 13.5cm³ 밖에 되지 않는다. 이와 마찬가지로 알코올 2L에 물 2L를 섞어도 4L의 희석 알코올이 만들어지지 않는다.

이것은 설탕 분자가 물에 용해되었을 때 물 분자가 설탕의 결정 속에 있는 틈 사이로 들어가 그것을 메워 버리기 때문이다. 그러므로 이 여분의 공간만큼 설탕물의 체적이 줄어든다. 알코올과 물을 섞었을 때에도 마찬가지이다. 혼합 용액의 체적은 예측과는 일치하지 않는다고 생각하는 편이 좋다.

태양전지의 원리는?

햇빛을 전기로 직접 바꾸려면 태양 전지를 이용하면 된다. 태양 전지는 규소 같은 반도체로 만드는데, 이와 같은 반도체는 특이한 성질을 가지고 있다. 반도체는 구리같이 전기가 잘 통하는 도체와 달리 보통 때는 전기가 잘 통하지 않는다.

그런데 온도가 올라가거나 에너지가 가해지면 도체의 경우에는 저항이 높아져서 전기가 잘 흐르지 않지만, 반도체는 도체와 정반대로 전기가 잘 통하게 된다. 태양 전지는 반도체의 이러한 성질을 이용한 것이다.

태양 전지에 햇빛이 비치면 그 속의 전자가 움직이고 이것이 도선을 따라 흘러가는데, 이러한 전자의 흐름에 의해서 전기가 만들어진다. 태양 전지는 반도체로 많이 사용되는 얇은 규소판으로 만든다.

이 규소판은 햇빛에 포함된 에너지의 15% 가량을 전기로 바꿀 수 있다. 태양 전지판 한 개에서 생기는 전압은 0.6V(볼트)에 달하고, 발전 용량은 1.5W(와트) 정도 된다.

태양 전지판 한 개에서 얻을 수 있는 전기의 양은 대단히 적고, 전압도 낮다. 이것으로는 꼬마전구 한 개를 겨우 밝힐 수 있는 정도이다. 그러므로 좀더 많은 전기를 얻기 위해서는 태양 전지판을 여러 개 연결해야 하는데, 이렇게 여러 개의 태양 전지를 연결한 것을 태양 전지 모듈이라고 한다.

태양 전지 모듈은 보통 12V 정도의 전압이 얻어질 수 있도록 태양

전지를 연결한 것이다. 태양 전지를 연결해서 모듈을 만들면 태양 전지 하나하나의 성능이 조금씩 떨어지기 때문에, 이러한 모듈을 서로 연결해서 1m² 크기로 만들면 발전용량이 100W 정도 되는 태양광 발전기가 얻어진다. 태양 전지판은 물이나 공기에 닿으면 부식하기 때문에, 모듈로 제작할 때는 위, 아래, 그리고 옆을 세심하게 감싸주어야 한다.

일반적으로 모듈의 윗면은 햇빛이 잘 통과할 수 있게 유리로 씌우고 아래 면은 특수 플라스틱으로 감싸준다.

태양광 발전기는 어떻게 사용될까?

태양광 발전기로 만든 전기는 생산된 그 자리에서 직접 쓸 수도 있고, 전선망을 통해 전기회사로 보낼 수도 있다. 생산된 전기를 그 장소에서 직접 쓸 수 있도록 설비한 장치는 독립형 태양광 발전기라고 하고, 전선망과 연결된 설비는 전선망 연결형 태양광 발전기라고 한다. 독립형 발전기는 자가발전 장치와 같은 것인데, 이것은 전기를 생산하는 태양 전지 모듈, 전기를 저장하는 축전지, 그리고 변환기 등으로 구성된다. 태양광 발전기에서 생산되는 전기는 직류이고, 전압이 12V나 24V 밖에 안 되기 때문에 220V의 교류 전기를 쓰도록 제작된 가전제품에는 맞지 않는다. 따라서 변환기를 이용하여 이러한 전기를 220V 교류 전기로 바꾸어준다. 물론 전등과 가전제품이 모두 직류용이면 변환기를 설치할 필요는 없다.

몽골 등지에서는 용량이 50W 정도 되는 작은 독립형 태양광 발전기가 널리 사용되고 있는데, 하루에 햇빛이 다섯 시간만 비추면 이것으로도 에너지 절약 전등 세 개를 켜고 라디오를 들을 수 있다. 햇빛이 더 비춰서 전기가 더 많이 나오는 날이면 텔레비전도 몇 시간 볼 수 있고 컴퓨터도 쓸 수 있게 된다. 낮에 다섯 시간 동안 해가 비출 경우 발전기에서 얻을 수 있는 전기는 하루에 250Wh(와트아워)에 달한다. 10W짜리 에너지 절약형 전등 세 개를 다섯 시간 쓰면 150Wh가 들어가는데, 나머지 100Wh로는 5W짜리 라디오를 스무 시간 들을 수 있다. 라디오 대신에 소비전력이 25W 되는 작은 텔레비전을 보면 네 시간은 충분히 볼 수 있다.

몽골의 경우에서 볼 수 있듯이 독립형 태양광 발전기는 전선망에 연결되기 어려운 외딴 지역에 대단히 유용하다. 이런 곳에 전선을 깔려면 비용이 많이 들고 자연환경까지도 파괴해야 하는데, 태양광 발전기는 환경파괴도 일으키지 않고 값싸게 전기를 이용할 수 있는 길을 열어주는 것이다. 일반적으로 태양광 발전으로 전기를 생산하는 것은 화력발전의 경우보다 비용이 더 많이 든다. 그렇지만 외딴 지역에 화력발전소에서 만든 전기를 보내려면 따로 전선을 설치해야 하기 때문에, 이런 곳은 전체적으로 태양광 발전을 하는 것이 더 유리하다. 새로 전선을 깔아야만 불이 들어오는 가로등도 작은 태양광 발전기에 연결하면 손쉽게 설치할 수 있다.

전선망 연결형 태양광 발전기는 생산된 전기를 전선망을 통해서 전력회사로 보낼 수 있게 되어 있다. 전선망을 통해서 전력회사로 넘어간 태양전기에 대해서 전력회사는 대가를 지불해야 하는데, 이를 위해서는 전선망으로 나가는 태양전기의 양이 얼마인가를 재는 계량기가 필요하다. 전선망 연결형 발전기에서는 전기가 모두 전선망으로 들어가기 때문에, 전기를 저장하는 축전지가 필요 없다. 태양광 발전기에서 만들어진 직류 전기를 교류로 바꾸어주는 변환기만 설치하면 된다. 그러므로 전선망 연결형은 독립형에 비해서 설치비용이 적게 든다. 일 년에 약 3000kWh의 전기를 생산할 수 있는 태양광 발전기의 용량은 2kW인데, 설치하는 데 드는 비용은 2000만 원 가량 된다.

태양열을 이용한 냉방장치는 가능할까?

우리나라에서 사용하는 태양열 집열판은 대부분 목욕용 온수를 만들기 위한 것으로, 보통 용량이 작은 축열조가 위에 부착된 상태로 남쪽 방향의 지붕 위에 설치된다. 우리나라에 보급되어 있는 온수용 태양열 집열판의 크기는 약 7m²이고, 축열조의 부피는 약 450L가량 된다. 이것으로 햇빛이 항상 비추는 날에는 충분한 양의 목욕물을 얻을 수 있다. 그러나 비나 눈이 와서 햇빛을 볼 수 없는 날에는 축열조의 물이 데워지지 않기 때문에 온수를 쓸 수 없는 경우가 생긴다. 축열조에는 이때를 대비해서 다른 에너지원을 이용하는 히터가 붙어 있다. 축열조의 물이 식거나 햇빛으로 충분히 데워지지 않았을 때 물을 데우는 다른 에너지원으로 심야전기를 이용한다. 가스나 나무, 석유를 이용하여 물을 데울 수도 있다.

집열판의 크기가 작으면 거기에서 얻을 수 있는 에너지는 그리 많지 않다. 따라서 태양열로 난방을 하려면 집열판이 넓어야 하고 축열조도 커야 한다. 이때 집열판에서 얻은 열로 전체 난방에너지의 얼마를 충당할 수 있는가는 태양열 난방장치의 크기에도 좌우되지만, 이것보다 더 중요한 요소는 주택의 난방용 에너지 소비량이다. 벽이나 지붕, 그리고 창문으로 열이 달아나지 않도록 단열을 잘 하고 남향으로 지은 40평(약 132m²) 주택의 경우 집열판을 15m²만 설치해도 대부분의 난방열을 얻을 수 있다. 그러나 같은 면적의 집열판이라 해도 단열이 거의 되어 있지 않은 낡은 주택에서는 10%의 난방열도 얻을 수 없게 된다.

태양열을 이용한 냉방장치는 우리나라에는 아직 없지만 이미 선진국에서는 개발되어 유럽 각지에서 조금씩 사용되고 있다. 태양열 냉방은 여러 가지 방식으로 이루어질 수 있지만 여기서는 습기를 제거하는 실리카겔을 이용한 방법을 소개한다. 이 장치는 물이 증발할 때 주위에서 열을 빼앗고 그 결과 주위의 온도를 낮추는 원리를 이용한 것이다. 실내로 들어오는 공기는 먼저 실리카겔을 통과하면서 습기가 제거되어 건조해진다. 그후 이 공기에 가는 물방울이 뿌려지는데, 건조한 공기와 만난 물방울은 증발하고 이로 인해서 실내로 들어오는 공기가 차가워진다. 실리카겔은 어느 정도 습기를 빨아들이면 더 이상 작용하지 않는데, 이때 열을 가해서 습기를 제거해 주면 그 기능이 다시 살아난다. 태양열은 습기를 잔뜩 품은 실리카겔을 가열해서 재생시켜주는 역할을 한다.

태양열 냉방 장치는 현재 널리 사용되는 에어컨에 비해서 여러 가지 장점을 가지고 있다. 에어컨은 실내의 공기를 폐쇄 상태에서 순환시키면서 냉각하기 때문에 환기가 잘 이루어지지 않지만, 태양열을 이용하면 신선한 공기가 계속해서 들어오기 때문에 환기 걱정을 할 필요가 없다. 또한 에어컨의 냉매로 이용되는 프레온 가스가 대기로 방출되면 지구온난화와 오존층 파괴가 일어나지만, 태양열 냉방을 하면 이러한 일도 발생하지 않는다. 더운 여름날 에어컨을 많이 사용하면 다른 때보다 전력수요가 크게 올라가고, 이때 필요한 전기를 공급하기 위해 여름철에만 가동하는 발전소를 준비해두어야 하는 등 조치를 취해야 하는데, 태양열로 냉방을 하면 이러한 발전소 건설에 들어가는 비용과 전기를 절약할 수 있다.

풍력발전은 어떻게 사용되고 있나?

옛날부터 바람은 햇빛과 더불어 인간이 가장 손쉽게 이용할 수 있는 에너지원이었다. 바람은 고대로부터 배를 움직이는 데 이용되었고, 중세에 서양에서 발명한 풍차를 통해 곡식을 빻거나 기계를 돌리는 데 이용되었다. 20세기로 들어오면서 풍차는 증기기관과 발동기 등의 동력 기계에게 자리를 내주었지만, 그후 100년이 지난 지금 다시 풍력발전기의 형태로 우리에게 돌아오고 있다.

풍력발전기는 바람이 지닌 에너지를 변환해서 전기를 얻는 장치이다. 지구 전역에서 불어대는 바람 속 에너지의 일부만을 전기로 바꾸어도 전 세계 모든 사람에게 필요한 전기를 공급할 수 있는데, 지금 인류는 그중 아주 조금만 이용하고 있는 것이다. 우리나라에도 바람에서 얻을 수 있는 에너지는 풍부하지만, 현재 우리나라의 바람 이용도 보잘것없는 수준이다.

제주도에 가면 흰색의 날개가 높은 기둥 위에서 돌아가는 모습을 심심찮게 볼 수 있다. 이것이 바로 풍력발전기인데, 바람이 많이 부는 제주도에서는 앞으로 그곳에서 필요한 전기의 대부분을 풍력발전으로 공급할 계획이다. 제주도에는 높이가 수십m 되는 콘크리트 기둥과 길이 10m가 넘는 날개로 이루어진 대형 풍력발전기가 있지만, 풍력발전기는 이와 같이 큰 것만 있는 것이 아니다. 날개의 길이가 수십 cm에 안 되는 작고 가벼운 휴대용 풍력발전기도 있다. 이렇게 작은 풍력발전기는 발전 용량이 10W밖에 안 되지만, 바람이 잘 불 경우

절전형 전등 한 개는 충분히 켤 수 있는 정도가 된다.

가장 큰 풍력발전기는 기둥의 높이가 100m, 날개의 지름이 80m에 달하는데, 이것의 발전용량은 2MW(메가와트)나 된다. 그래봐야 1000MW급 원자력발전소의 발전용량과 비교하면 500분의 1밖에 지나지 않지만, 이것 하나로 2000가구에 필요한 전기를 공급할 수 있다. 유럽이나 미국에서는 이러한 대형 풍력발전기 여러 대를 한 장소에 세운 것을 종종 볼 수 있다. 이러한 곳을 풍력발전 단지라 하는데, 독일의 어느 단지는 전체 발전용량이 100MW에 달하는 곳도 있다. 이러한 곳에서는 10만 가구에 필요한 전기를 공급할 수 있다 하니, 풍력단지 한 곳에서 작은 도시 전체에서 필요한 전기를 생산하고 있는 것이다.

풍력발전기는 날개의 회전축이 놓인 방향에 따라 두 가지 종류로 구별된다. 하나는 수평축 발전기로 이것은 날개의 축이 지면과 평행으로 놓여 있다. 다른 하나는 수직축 발전기인데, 이것은 수직의 기둥 주위에 붙어 있는 불룩한 형태의 커다란 날개가 도는 형태를 하고 있다. 수직축 발전기는 바람을 전기로 바꾸는 효율이 수평축에 비해서 떨어지기 때문에, 수평축 발전기가 널리 사용되고 있다. 수평축 발전기도 날개의 숫자나 형태가 상당히 다양하다. 날개가 하나 있는 것도 있고, 열 개 가까이 달린 것도 있다. 또한 배의 스크류처럼 넓고 짧은 날개가 달려 있는 것도 있다.

풍력발전기를 세우기 위해서는 먼저 그 지역의 바람의 세기와 성질을 조사해야 한다. 바람의 세기가 일초에 평균 4m 이상이면 풍력발전기를 세울 수 있다. 바람은 높이 올라갈수록 강하게 불기 때문에 대형 풍력발전기일수록 기둥을 높게 세워야만 보다 많은 전기를 얻을 수 있다. 바람은 보통 내륙보다는 해안이 더 강하고, 육지보다는 바다가 더 강하다. 그렇기 때문에 풍력발전기는 해안가에 많이 세워지고, 어떤 경우는 얕은 바다에 세워지기도 한다. 풍력발전기를 바다에 세울 경우 관리하기에는 조금 어려움이 있지만, 육지에 세웠을 때보다 더 많은 양의 전기를 얻을 수 있다는 이점이 있다.

수력에너지는 어떻게 이용되고 있나?

흐르는 물이나 떨어지는 물은 에너지를 담고 있다. 우리나라 곳곳에 있는 개울과 강, 그리고 서해와 남해에서 움직이는 물이 많은 에너지를 제공할 수 있는 것이다. 이것들로부터 에너지를 뽑아내서 이용한다면 화석연료의 사용도 줄이고, 지구온난화도 억제할 수 있지 않을까? 지구온난화가 세계적인 걱정거리가 된 지금, 수력과 조력은 온난화를 막을 수 있는 유용한 에너지원으로 여겨지고 있다.

인간은 물의 움직임을 이용하여 자연으로부터 가장 손쉽게 에너지를 얻어 왔다. 오래된 도시들이 대부분 강을 끼고 형성되었던 이유는 강의 흐름에서 나오는 에너지를 이용할 수 있었기 때문이다. 사람들은 강에 배를 띄워 식량과 목재와 석재 등 생활에 필요한 물품을 실어 날랐고, 강과 개울에 물레방아를 세워 곡식을 찧고 기계적 에너지를 얻었다.

19세기 말에 인간이 전기를 사용할 수 있게 됨에 따라 물의 흐르는 힘을 전기 생산에 이용하기 시작했다. 지금은 곡식을 가공하기 위한 물레방아는 거의 사라지고, 물의 흐르는 힘은 대부분 전기를 만드는 데 이용하고 있다.

처음에 물을 이용한 전기 생산은 소규모로 이루어졌다. 개울의 흐르는 힘을 이용해 작은 수력터빈을 돌려서 전기를 얻는 것이 주된 수력 이용 방식이었다.

그러나 전기 생산 규모가 점점 커지고 대규모 화력발전소나 수력

발전소가 들어섬에 따라 소규모 수력발전소는 자취를 감추고 말았다. 20세기 중엽부터 말까지 수력의 이용은 대형 댐을 통한 발전밖에 없는 것으로 여겨졌고, 세계 곳곳에 커다란 댐과 수력발전소가 건설되었다.

이집트의 아스완댐이나 미국의 테네시 계곡 댐은 가장 대표적인 대형 수력발전소로 알려져 있는데, 우리나라의 수력발전소도 소양호, 대청호, 팔당호 등 대부분 커다란 댐을 이용한 것들이다.

강물은 기후가 크게 바뀌지 않는 한 마르지 않고 흐른다. 그러므로 그 속에 담겨 있는 에너지도 쓰면 없어지고 마는 것이 아니라 재생되는 것이다.

그러나 대형 수력발전소로부터 얻어지는 전기는 재생 가능한 에너지로 보기 어렵다. 대형 댐은 또한 이미 존재하던 자연을 크게 훼손하고 생태계를 변형시키기 때문에 환경 친화적이지도 못하다. 나일강에 건설된 아스완댐은 나일강 바닥으로 쓸려내려 가는 토사를 가두어 놓았고 그 결과 나일 강물이 홍수로 넘쳐날 때 비옥한 토사를 공급받던 나일 강변의 농토를 척박하게 만들고 말았다. 아스완댐은 주변지역의 기후에도 변화를 가져왔고, 지각을 불안정하게 만들어 소규모 지진을 자주 유발했다.

댐 건설은 또 소형이든 대형이든 물고기들이 강을 따라 이동할 수 있는 통로를 막아버리기 때문에 연어나 송어, 장어같이 상류로 이동해서 알을 낳는 이동성 민물고기의 생존도 심각하게 위협한다. 이런 이유로 커다란 댐을 건설해서 전기를 생산하는 것은 바람직한 방식으로 여겨지지 않는다.

강물을 댐으로 막지 않고도 물의 흐름을 이용해서 전기를 생산하는 기술은 지구온난화로 재생 가능 에너지의 중요성이 부각됨에 따라 20세기 말부터 다시 보급되기 시작했다.

기술도 다양해져서 물레방아에 설치된 것과 같은 수차에 발전기를 붙여서 전기를 얻는 간단한 방식에서부터 강물을 관으로 끌어들여서 빠르게 흐르게 한 후 그 낙차를 이용하여 발전기를 돌리는 방식 등이 있다.

소규모 수력 발전도 풍력발전과 마찬가지로 매우 환경 친화적인 발전 방식이다. 소규모 수력 발전의 경우 1kWh의 전기를 생산할 때 이산화탄소가 약 15g이 나온다. 또한 이산화황은 1kWh당 0.03g 정도 만들어진다.

3차원 입체 영상을 만드는 홀로그래피란 무엇일까?

홀로그래피는 레이저 광선을 이용하여 입체 화상을 만드는 사진 기술이다. 그러나 보통 사진 기술과 같이 앞과 뒤, 위 아래 렌즈에 상을 맺는 것이 아니고, 물체의 한 면에서 나오는 빛만을 필름에 받는 것도 아니다. 홀로그래피는 물체의 모든 부분에 레이저를 쏴서 반사시킨 빛을 사진 건판에 보내므로, 사진 건판 위의 모든 점은 물체의 전부분에서 나오는 빛을 받게 된다.

우리가 입방체 모양을 보려면 관측 위치를 이리저리 옮겨야 한다. 즉, 관측자의 눈을 각 변의 위치에 두어야 입방체를 3차원 물체로 볼 수 있다. 이처럼 홀로그래피는 물체의 모든 부분에 빛을 비추어 반사시켜 얻은 것을 하나의 평면에 기록하는 것이다.

눈의 위치를 달리 하여 그 평면을 바라보면 또 다른 위상의 점들이 나타나며 이것은 입방체의 또 다른 반사광들의 조합으로 우리 눈에 들어오므로 눈의 위치에 따라 입방체의 여러 모습을 볼 수 있는 3차원 입체 화상이 되는 것이다. 평면 위에 있는 각 점은 광원의 진동수에 따라 변하되 각 점이 동일하게 변해야 하므로 이러한 성질을 이용하려면 간섭성 광원이 꼭 필요하다. 그래서 홀로그래피를 만들려면 레이저가 필수적이다. 현재는 실험실에서 입체 화상을 만들어 내는 수준에 불과하지만 앞으로 입체 텔레비전을 만들어 내는 날도 멀지 않을 것이다.

안경 렌즈에 코팅하는 이유는?

안경은 보통 유리로 만드는데 요즘에는 그 무게를 가볍게 하기 위하여 플라스틱으로 만들기도 한다.

빛이 안경의 렌즈를 통과할 때 빛의 약 8% 정도가 반사하게 된다. 렌즈에서 빛이 반사하게 되면 우리 눈은 그만큼 물체를 정확하게 보지 못하게 된다. 이와 같은 빛의 반사를 막기 위하여 렌즈에 코팅을 하는 것이다. 이론적으로는 렌즈에 코팅을 하여 빛의 통과량을 99.8%까지 끌어올릴 수 있지만 현재의 기술 수준으로는 98.5% 정도까지 와 있는 것으로 알려져 있다. 렌즈의 코팅은 70~80℃ 사이에서 이루어지기 때문에 코팅된 안경을 보관할 때는 고온에 주의하여야 한다. 만약 한여름에 태양에 노출된 차 안에서 안경을 방치하게 되면 코팅된 막이 손상되며 세척할 때에도 너무 힘을 주어 닦으면 코팅막이 손상되게 된다.

6

세상을 뒤바꾼
과학자들

세상을 뒤바꾼 과학자들의 어린시절을 보면 이 다음에 커서 훌륭한 과학자
가 되겠다는 포부보다 왕성한 호기심과 이를 알아내려는 노력에서 비롯된
경우가 많다. 그들의 끊임없는 호기심과 노력 덕분에 세상은 뒤바뀌었고, 미
지의 세계가 그 모습을 드러내게 되었다. 오직 과학적인 신념 하나로 혁명적
인 과학적 목표를 달성한 과학자들의 삶을 통해 과학적인 사고를 알아본다.

알버트 아인슈타인
신의 은총을 가장 많이 받은 물리학자

아인슈타인만큼 일반에 널리 알려진 물리학자는 없으리라.

알버트 아인슈타인은 1879년 3월 14일 독일의 울름에서 출생했다. 1880년 아인슈타인의 아버지의 사업이 경제 공황에 의해 실패했고, 일가는 뮌헨으로 이사했다. 뮌헨에서 아인슈타인의 아버지는 아들 야콥과 함께 전기 공장을 열었다. 1888년 알버트는 지진아였고 9살의 나이에도 더듬더듬 말했다. 그의 아버지는 별로 신앙심이 깊지 않아서 유태인의 규칙을 관습 정도로 생각했기 때문에 유태인인 알버트를 카톨릭 학교에 보냈다. 아인슈타인은 권위주의적인 독일 학교를 싫어했고 늘 교실에서 말썽을 일으키기 일쑤였다.

알버트의 가족이 이탈리아 밀란으로 이사하면서 아인슈타인을 하숙집에 맡겼다. 그러나 두 달 뒤에 그는 신경쇠약으로 고통받고 있다는 의사의 진단을 받게 된다. 그의 아버지의 사업은 계속 실패를 거듭하여 더 이상 알버트의 학업을 시킬 수 없게 되었다. 그러나 알버트는 엔지니어가 되는 것을 싫어했고 이론 물리학자가 되고 싶어했다. 아인슈타인은 스위스 취리히의 연방 공과대학에 들어가려 했지만 입학시험에서 실패했다. 그러나 그의 수학 능력이 뛰어났기 때문에 그들은 그를 스위스 아라우에 있는 간톤 학교로 보냈다. 알버트는 수학과 실용적 학문을 강조하는 자유로운 분위기의 아라우에서의 생활을 즐겼으며, 그해 말에 대학교에 입학할 수 있는 자격시험에 합격했다. 아라우에서의 교육은 후일 아인슈타인의 사고 형성에 중요한 부분을 차지하게 된다. 아인슈타인은 자유로운 생각을 많이 할 수 있었던 이 시절 이미 물체가 빛과 같은 속도로 달리면 어떤 현상이 나타날 것인가에 대한 생각에 골몰했다고 한다. 결국 그의 위대한 업적인 상대성 이론은 스위스 아라우의 자유로운 교육 환경에서 배태되었다고 할 수 있다.

1896년 1월 28일 알버트는 그의 독일 국적을 포기하고 무국적자가 되었다. 1896년 스위스 취리히의 연방 공과대학에 입학한 아인슈타인은 물리학과 수학 교사로서 교육을 받았으나 흥미를 갖지 못하고 볼츠만, 헬름홀츠, 헤르츠와 키르히호프 등의 책을 읽고 맥스웰의 전자기학에 대해 공부했다. 또, 아인슈타인은 뉴턴, 패러데이, 암페어 등의 업적을 살펴보기 시작했다.

이때 즈음 보편적으로는 공간의 구석구석을 채우고 있는 에테르(ether)라고 불리는 물질을 믿고 있었다. 아인슈타인은 에테르가 정말로 필요한가 알아내려고 하였다. 그리고 그는 빛의 속도로 빛과 함께 여행하면 어떻게 될까 궁리하였다. 알버트는 천재라고 불리는 것이 싫었기 때문에 그의 생각을 혼자서만 간직했다. 그러나 그는 곧 흥미 있는 것을 알아차렸다. 만약 당신이 거울을 가지고 빛의 속도로 함께 움직인다면 빛은 거울에 도달하지 못하게 될 것이다. 따라서 거울에 비친 당신의 모습이 사라지게 될 것이다. 알버트는 이것을 10년 동안이나 탐구하게 된다. 1900년 연방 공과대학을 졸업한 아인슈타인은 같은 해 스위스 국적을 얻는다. 1901년 밀레바 마리치와 결혼한 아인슈타인은 두 아들을 두었으나 후에 이혼하고, 1917년 그의 사촌 엘사 아인슈타인과 재혼을 한다.

1902년에 아인슈타인은 베른의 스위스 특허 등록소 심사관이 된다. 이때 그는 공부할 수 있는 많은 시간을 갖는다. 그 결과로 1905년에 4편의 중요한 논문들을 발표하게 되었다. 또, 1905년 취리히 대학에서 박사 학위를 받았다. 그는 에른스트 마흐의 연구를 공부했는데 이는 그가 에테르 이론을 떨쳐 버리는 것을 도와줬지만 그러나 그는 마흐의 역학적 과학론에 동의하지도 않았다. 아인슈타인이 생각했던 것은 빛이 어떻게 한 곳에서 다른 곳으로 이동하던 간에 그 상이 사라져서는 안 된다는 것이었다. 만약 그가 1초에 30만km의 속력으로 움직이고 그의 얼굴을 떠난 빛도 같은 속력을 갖는다면 빛은 지면에 대해서는 매초 60만km의 속력을 갖는 것이 될 것이다. 그러나 이러한 생각이 옳은 것처럼 보이지 않기 때문에, 그는 빛의 속력이 움직이는 관찰자나 지면에 서 있는 관찰자에게 모두 같을 수 있는 방법이 없겠나 찾는 노력을 시작했다. 이것만으로도 그는 거의 신경쇠약에 걸릴 지경이었다. 그는 후에 다음과 같이 말했다.

"내 속에서 특수 상대성 이론이 태동할 무렵 나는 온갖 정신적 압박에 시달려야 했다. 그와 같은 의문에 처음 부딪쳤을 때의 어안이 벙벙한 상태처럼 어렸을 때 나는 혼란스러운 상태에서 몇 주일씩 돌아다니곤 했다."

찾기가 불가능할 것 같이 보인 이 해답이 바로 알버트 아인슈타인의 특수 상대성 이론이었다.

이외에도 아인슈타인은 통계역학과 양자 이론에서 중요한 기여를 한 찬란한 업적을 그것도 거의 동시에 이루어 냈다. 이들은 콜로이드와 같이 미세 입자들이 떠 있는 액체에서 입자들의 브라운운동에 관한 것과 그에게 노벨상을 안겨 준 광전 효과의 이론, 그리고 물질과 시공간의 상호작용을 다룬 일반 상대론이다. 또 그는 뒤에 '통일장 이론'으로 그의 '중력 이론'을 발표하였다.

1933년 미국에 정착한 아인슈타인은 프린스턴 고등 연구소의 종신회원이 되었으며, 1955년 4월 18일 프린스턴에서 세상을 떠났다.

아이작 뉴턴
정원에서 중력을 알다

뉴턴은 그야말로 천재였다. 그가 발견한 것들이 근대 과학의 기초를 마련하였다는 사실은 의심할 여지가 없다. 그러나 뉴턴도 우리와 마찬가지로 인간의 고뇌와 실패를 경험했다. 어린 시절에 그는 불안감과 거부감을 눈에 띄게 나타냈다. 이러한 두려움들이 무지에서 오는 두려움과 더불어, 그가 신이 썼다고 느꼈던 자연의 법칙을 배우도록 박차를 가했다. 그의 수학적 증명들의 정확함은 그에게 확신과 만족을 심어 주었다. 그러나 그 증명과 영감들은 그의 머리로부터 완전한 형태로 자라난 것이 아니라 차라리 고문과도 같은 발전의 기간을 거쳐서 형성된 것이다. 뉴턴은 동료들과의 관계에서 많은 어려움을 겪었다. 불행하게도 그는 몇몇의 악의에 찬 논쟁들 따위에 말려들었다. 훗날 그의 권위가 지배적인 '런던 과학 위원회'가 그에게 최종적인 보상의 기회를 가져다주었지만, 그때조차도 그는 인정이 메마르고, 원한을 품은 사람처럼 보였다.

아이작 뉴턴은 1642년 12월 25일에 미숙아로 태어났다. 그의 어머니는 그가 1쿼터짜리 주전자에 들어갈 수 있을 만큼 아주 작았다고 말하곤 했다. 그의 아버지는 링컨주의 평범한 자작농이었고, 아들이 태어나기도 전에 죽었다. 아이작이 3살이 되었을 무렵, 어머니는 그 지방의 어느 목사와 재혼했고, 어린 아이작을 가정부의 손에 맡긴 채

몇 마일 떨어진 곳으로 떠나 버렸다. 뉴턴은 어머니를 멀리 데리고 가버린 그의 양아버지를 몹시 미워했다. 아이작은 다른 아이들로부터 언제나 놀림을 당했던 작고, 허약한 아이였다. 이웃에서 그에게 농장 일을 도와 달라고 맡기면, 그는 책을 읽을 생각에 가능한 한 많은 실수를 저질렀다. 여가 시간에는 쥐들의 힘으로 움직이는 풍차 모형, 물시계, 해시계, 그리고 시골사람들을 깜짝 놀라게 했던 촛불을 단 연 등을 만들면서 그는 시간 가는 줄을 몰랐다. 사람들은 그가 수학자의 두뇌 뿐만 아니라 목수의 손 또한 가지고 있다고 말하곤 했다. 결국 그 지방의 어느 학교 교장은 뉴턴의 천재성을 발견하고 그를 케임브리지로 보내 주었다.

1665년 페스트가 영국 전역으로 퍼지기 시작하면서 케임브리지 역시 휴업에 들어갔다. 이와 동시에 큰 화재가 연이어 일어나면서 런던의 대부분이 파괴되었고, 많은 사람들은 이를 일컬어 '세상의 종말'이라고들 하였다. 이 모든 소란이 일어나던 중, 이제 23살인 뉴턴은 연구를 하기 위해서 고향으로 돌아왔다. 끈질기게 전념한 결과, 그는 빛의 색깔 이론과 미적분학 이론을 개발하였다. 정원의 벤치에 앉아 있는 동안, 그는 중력의 법칙에 대한 증거를 발견해 냈다. 이것이야말로 뉴턴에게 있어서 놀라운 창조의 시간이었다. 그는 이에 대해서 다음과 같이 설명했다.

"나는 대상을 앞에 두고 끊임없이 관찰하면서, 새벽의 어둠이 조금씩 서서히 환한 빛으로 밝아 오기까지 묵묵히 기다린다."

뉴턴은 삶의 대부분을 은둔한 채로 살았다. 그는 금욕적인 삶을 살

앉고, 옷차림도 단정치 못했으며, 새벽 두세 시 이전에는 잠자리에 드는 법이 거의 없었다. 그는 정원에 있는 잡초마저 못마땅해 하는 고질적인 우울증 환자였다. 그의 삶에는 웃음조차 없었으며, 결혼을 한 적도 없었다. 뉴턴은 열렬한 성경의 추종자였으며, 그에게 있어서 실험이란 악마의 유혹과 씨름하는 것을 의미했다.

그의 연구는 때로는 연금술에까지 미치곤 했다. 뉴턴은 거의 평생 동안, 동료 과학자들과 의견을 달리했다. 로버트 혹은 뉴턴이 중력과 빛에 관한 몇몇의 개념들을 훔쳤다며 비난했다. 이 사건은 곧 논쟁을 유발했고, 이는 수년간이나 계속되었다. 뉴턴은 이에 대해 거칠게 반응하였고, 자신이 전능하다고 믿는 경향이 있었다. 라이프니츠는 그의 또 다른 경쟁자였다. 유감스럽게도 뉴턴과 라이프니츠 둘 다 거의 동시에 미적분학을 개발하였다. 둘 다 자신들의 우선권을 주장하였고, 여기서 논쟁이 일어난 것이었다.

갈릴레오 갈릴레이

뉴턴의 길을 닦은 실험물리학의 아버지

갈릴레오는 1564년 이탈리아 피사에서 음악
가인 빈센치오 갈릴레이의 아들로 태어났다.

플로렌스 부근의 발롬브로사의 수도원에서
어린 시절의 교육을 받은 그는 1581년에 의학
공부를 위해 피사 대학에 입학하였다. 갈릴레오
가 대학 시절의 첫 해를 피사 성에서 보내는 동안에 긴 줄에 매달린 등
이 흔들리는 것을 주의 깊게 관찰했고, 또 그것이 흔들리는 정도에 상
관없이 항상 일정한 주기로 흔들리는 것을 목격했다. 아마도 이 등이
흔들리는 것을 아무 생각 없이 보거나 무심히 지나친 사람들은 갈릴
레오 이전에도 매우 많았을 것이다. 이 엄청난 자연의 비밀은 갈릴레
오가 베일을 벗겨 줄 때까지 오래 동안 참고 기다리고 있었던 것이다.
후에 갈릴레오는 이것을 실험적으로 증명하였고, 이 흔들이의 원리가
시계의 시간 조절에 쓰여질 수 있음을 제안하기도 하였다. 실제로 흔
들이를 시계에 처음 사용한 사람은 호이겐스이다. 흔들 운동을 관찰
할 때까지 갈릴레오는 이렇다 할 수학 교육을 받지 못하였다.

그러다가 우연히 듣게 된 기하학이 그의 관심을 일깨웠고, 수학과
과학을 공부하기 시작했다. 그러나 학위를 미처 받지 못하고 경제적
인 사정으로 학교를 그만두게 된 그는 1585년 플로렌스로 돌아와서

플로렌틴 아카데미에서 강의했고, 1586년 물정역학 저울(hydrostatic balance)에 관한 논문을 발표했다. 이 발명으로 그의 이름이 이탈리아 전역에 알려지게 되었다. 또, 1589년에 발표한 고체의 질량 중심에 관한 연구는 그에게 피사 대학교의 수학 강사 자리를 마련해 주었다. 그러나 그 자리는 그에게 명예는 주었지만, 경제적인 풍요는 가져다주지 못했다.

이후 갈릴레오는 운동 이론에 관한 연구를 시작했다. 이로써 무게가 다른 물체는 다른 속력으로 낙하한다는 아리스토텔레스 식의 주장을 처음으로 반박하는 그의 주장이 출현하게 되었다. 경제적인 어려움 때문에 그는 1592년 파두아의 수학 과장직을 맡아 18년 동안 재직하면서 그의 가장 훌륭한 업적들을 많이 내었다. 파두아에서 그는 운동에 대한 연구를 계속했고, 1604년경 이론적으로 낙체가 등가속 운동을 하는 것을 증명하였다.

또, 그는 포물선 낙하 법칙을 찾았다. 그가 기울어진 피사의 사탑에서 물체를 떨어뜨렸다는 통설은 실제에 근거하지 않는다. 1607년 갈릴레오는 공기 온도계를 만들었으며, 1609년 봄 베니스에 있던 중 망원경 발명 소식을 들은 갈릴레오는 파두아에 돌아온 뒤 그는 ×3 배율의 망원경을 만들었고, 곧바로 ×32 배율로 개선하였다. 그가 창안한 렌즈의 굽음률을 측정하는 방법으로 인해 그의 망원경은 처음으로 천체관측에 사용될 수 있었으며, 곧 유럽 전역에 알려져 찾는 사람들이 많아졌다.

망원경을 천체관측에 처음으로 사용한 그는 1609년 말부터 1610

년 초에 걸쳐 연속되는 천문학적인 발견을 발표하였다. 그는 달의 표면이 그 동안 생각되어 왔던 것처럼 부드럽지 못하고 불규칙한 것을 찾아냈고, 은하수가 멀리 떨어져 있는 별들의 집단인 것과 또, 목성의 위성을 발견하여 그것을 시데라 메디치(Sidera Medicea) 라고 이름지었는데, 이는 그의 전 학생이자 미래의 고용주가 된 투스카니(Tuscany) 의 대공이었던 코시모(Cosimo) 2세를 기념해서였다. 갈릴레오는 태양의 흑점들을 관측했고, 금성과 토성의 모양이 변하는 것도 관측했다. 특히 그의 태양흑점의 발견은 그 측정의 정확도뿐 아니라, 그로부터 태양의 회전과 지구의 공전을 추론해 낸 것으로, 성공적인 실험의 한 전형으로서 주목할 만하다.

갈릴레오는 1610년 여름 파두아를 떠나서 더 많은 시간을 연구에 몰두할 수 있는 투스카니 대공의 첫 번째 철학자이자 수학자가 되었다. 이때 만유인력에 대한 아이디어가 이 위대한 이의 마음 주변에서 떠단 것처럼 보이나, 더 이상 수용하기를 거부하였는데, 왜냐하면 그도 데카르트와 같이 만유인력을 신비한 성질의 것으로 보았기 때문이었다. 신기하게도 그는 당시에 발견된 케플러의 법칙을 무시했다. 그는 우주의 질서를 유지하기 위해서는 행성의 궤도가 원형이어야 한다고 믿고 있었다. 그의 업적 중에 가장 중요한 것의 하나는 의심할 여지없이 역학을 과학의 차원으로 승격시킨 것이다.

그의 이전에도 몇몇 가치 있는 현상의 발견과 정리의 증명이 있었지만, 역학적 양으로서 힘을 도입한 것은 갈릴레오가 처음이었다. 비록 그는 운동과 힘의 상관관계를 법칙으로 구성하지는 못했지만, 그의 동역학에 관한 저술의 여러 곳에서 그가 가까이 가 있었다는 증거를 찾을 수가 있다. 그는 낙하 법칙, 물체의 평형과 경사면에서의 운동, 포물체 운동 등을 연구하였고, 포물체 운동에서는 그의 운동량에 대한 정의와 함께 후에 뉴턴에 의해 기술된 운동법칙에 대한 지식을 그가 가지고 있었음을 알려준다. 결국 그는 뉴턴에 앞서 그의 길을 닦은 셈이다. 이 놀랄 만한 업적은 물리학의 문제에 대한 그의 수학적인 해석 방법의 적용에서 기인했다고 할 수 있다.

갈릴레오는 그 동안 따로따로 나뉘어져 있던 수학과 물리학이 힘을 합하게 될 것을 감지한 첫 번째의 사람이었다. 그의 코페르니쿠스적인 생각은 로마 카톨릭으로부터 제재를 받아 1633년 자택 연금을 선고받은 그는 세상을 떠나기까지 8년간 줄곧 연금 상태에 있었다. 비록 연금 상태에 있기는 했지만 그의 놀라운 정신 활동은 마지막까지 사라지지 않고 계속되었다. 1634년에 그는 그의 가장 값진 업적이라고 할 수 있는 '두 새로운 과학에 관한 대화…'를 끝냈는데 여기서 그는 초창기의 실험 결과와 역학의 원리에 대한 그의 원숙한 사고를 개괄하였다. 달의 주기운동에 내한 관측을 끝으로 1637년 실명하게 된 그는 더 이상 망원경 관측을 하지 못하였다. 그러나 실명한 뒤에도 그의 천재성의 불꽃이 꺼지지 않았음은 물론이다.

요한네스 케플러
코페르니쿠스와 뉴턴의 징검다리

케플러는 1571년에 독일 부템베르크에서 태어났다. 그는 한 달 일찍 태어난 조산아로서 병약했지만 찬란한 정신의 소유자였다. 튜빙겐 대학에서 공부한 그는 코페르니쿠스의 태양을 중심으로 한 천문학 이론에서 영향을 받았다. 그는 오스트리아의 그라츠 대학에서 천문학과 수학을 가르치면서 당대의 위대한 천문학자들―갈릴레오와 티코 브라헤―과 교류를 가졌다. 티코가 죽었을 때 케플러는 그를 이어서 보헤미아의 루돌프 II세의 천문 기록관 겸 학사가 되었다. 그의 주된 임무는 왕족의 탄생과 같은 중요한 일이 있을 때 점성술을 하는 것이었으나 많은 시간을 천문학 연구에 바쳤다.

케플러 시대에는 많은 천문학자들이 태양이 태양계의 중심에 있고, 지구는 그 축을 중심으로 공전한다고 믿고 있었다. 이들은 행성이 원형 궤도를 돌고 있다고 믿었다.

따라서 지구에서 본 행성의 운동을 설명하는데 어려움이 있었다. 즉, 수성과 금성은 저녁이나 새벽 하늘 높이 떠 있다가 낮아지지만 항상 태양 부근에 있고, 반면에 화성, 목성, 토성은 밤마다 동쪽으로 움직이는데 가끔씩은 서쪽으로 되돌아가기도 한다.

케플러는 행성 궤도를 다른 형태로 취해서 이들 운동을 설명해 보기로 했다. 화성이 가장 대표적인 문젯거리였고 또, 그가 티코 브라헤의 평생 동안의 정확한 관측을 갖고 있었기 때문에 케플러는 화성의 운동을 가지고 시작했다.

그는 처음에 원운동의 모든 가능한 조합을 시도하여 화성의 관측된 위치를 설명하려고 하였다. 비록 한번은 8의 차이만이 설명되지 않고 남기도 했지만 그의 이런 노력은 실패했다. 눈이 잘 보이지 않을 뿐더러 불충분했던 수학적 방법에 의존하여 6년 동안 끊임없는 노력 끝에 해답을 찾았다. 즉, 화성은 태양으로부터의 거리에 따라서 다른 속력을 가지고 타원 궤도를 선회한다는 것이다. 1609년에 그는 이 연구 결과를 《새로운 천문학》이라는 책으로 출간하였다.

그는 다른 행성들에도 관심을 가지고 그 운동이 화성과 같음을 알아냈다. 그는 또 공전주기가 태양으로부터의 거리와 정확한 관계를 가지고 있음을 발견했다. 케플러의 행성 운동에 관한 위대한 업적은 '케플러의 법칙'으로 알려진 세 원리로 요약된다.

첫째, 태양 주위의 각 행성의 궤도는 태양을 초점으로 한 타원이다.

둘째, 행성의 궤도상에서의 속력은 행성으로부터 태양을 잇는 직선이 같은 시간 동안에 휩쓰는 면적이 같게끔 변화한다.

셋째, 행성의 공전주기의 제곱은 태양으로부터 행성까지의 평균 거리의 세제곱에 비례한다.

이들 법칙은 지구와 다른 행성들이 태양의 주위를 도는 것에 대해서 알려져 있던 모든 문제를 해결하였다. 나중에 뉴턴은 케플러의 법칙을 이용해서 그의 만유인력의 법칙을 세웠다.

케플러는 갈릴레오로부터 망원경의 발명 소식을 들었고, 이어서 광학 분야의 선구자적인 값진 일들을 했다. 현대와 같은 형태의 천문 망원경을 발명한 사람도 케플러였다.

광학에 대한 그의 책이 1611년에 출간되었는데 그것은 이 분야에서 첫 번째였으며, 빛과 렌즈에 대한 광학적 연구의 기초가 되었다. 그는 1630년에 세상을 떠났다.

마이클 패러데이
실험의 귀재였던 '자연철학자(물리학자)'

　마이클 패러데이는 1791년 영국 뉴잉톤에서 태어났다.

　그의 아버지는 대장장이였고 13살 때 마이클은 책 제본 업자에게 견습공으로 들어갔다. 그는 상점에 있던 모든 과학 책들을 큰 흥미를 가지고 읽었다. 21살의 패러데이는 험프리 데이비 경의 강연을 들었다. 그는 과학에 헌신하기를 열망하게 되었고, 강연을 열심히 필기하여 그것을 데이비에게 보내면서 일자리를 요청했다. 청년의 열심에 감동한 그 과학자는 패러데이를 그의 실험실에 조수로 데려갔다. 그때부터 패러데이는 전 세기에 걸쳐서 가장 위대한 실험 과학자로 성장해 갔다.

　그러나 그의 초기 연구는 별로 중요성을 인정받지 못했다. 그는 화학과 전기 분야에서 괄목할 만한 기여를 많이 했다. 데이비에 의해 힌트를 얻은 그는 여러 기체를 압축하여 액화시키는 데 성공했다. 1825년에 그가 탄수화물 벤젠을 발견했을 때 그는 유기화학 전 분야의 아버지가 된 셈이었다. 패러데이의 가장 큰 업적은 전자기 유도를 발견한 것이다. 그는 물리학에서 다루는 자연의 여러 힘들이 밀접하게 서로 연관되어 있다는 신념을 가지고 있었다. 그는 전류가 자기마당을 만들고 전류에 의해 자석이 힘을 받는 것으로부터 자기가 전기를 발생할 수 있어야만 한다고 믿었다. 실제로 1822년에 이미 그의 노트에 '자기의 전기에로의 변환'이라는 글이 적혀 있다. 결국 그는 1831년에 코일 근처로 자석을 움직였을 때 전류가 생기는 것을 발견하였다. 또, 한 코일에 가해진 전류를 단속시켰을 때 인접한 다른 코일에 전류가 흐르는 것을 보았다. 패러데이는 일반적으로 회로를 통한 자기 다발이 변화할 때 회로에 전류가 흐른다는 것을 보았다.

이 발견으로부터 모든 현대식 발전소의 심장이라고 할 수 있는 발전기가 개발되었다. 그는 또, 간접적으로 라디오의 발명을 가능하게 하였다. 수학에 능통하지 못했던 그는 이해를 돕기 위해 자기력선과 전기력선의 개념을 도입하였고, 나아가 유전체의 연구에 대한 그의 업적을 기려 전기 용량의 단위로 패럿(F)이 쓰이게 되었다. 이어서 패러데이는 당시에 구별되는 것으로 생각되었던 5종류의 전기—마찰전기, 전기분해에 관련된 전기, 전지로부터의 전기, 자기적 (유도)전기, 열적 전기—가 근본적으로 같은 것이라는 점을 보였다. 이 역시 통합을 추구하는 그의 취향에 따른 것이다.

1834년에 만들어진 그의 전기분해 법칙은 화학과 전기를 결합시켰다. 그는 또, 양극(anode), 음극(cathode), 음이온(anion), 양이온(cation) 및 전극(electrode)이라는 말을 도입하였다. 그의 말년에 패러데이는 빛의 편광면이 강한 자기마당에 의해 달라지는 것을 발견하였다. 이 역시 빛과 자기가 어떻게든 연관되어 있으리라는 그의 신념에서 기인하였다. 그의 이 발견으로 맥스웰이 전기, 자기, 그리고 빛을 한데 묶는 전자기 이론이 탄생되는데 기여하였다. 그는 또, 중력과 전기 사이의 관계를 실험적으로 보이려고 노력하였으며 그의 논문 말미에서 그는 "나의 시도는 여기서 끝낸다. 결과는 부정적이다. 중력과 전기 사이에 관계가 존재하는 것을 증명하지는 못했지만 그것이 존재한다는 나의 강한 느낌을 어쩌지는 못한다."라고 적었다. 이러한 노력은 초대칭 이론으로 현재에도 계속되고 있다.

1867년 그는 평온하게 눈을 감았다. 그에 대한 찬사는 계속된다. 마치 어떤 자연의 신비가 밝혀지기를 기다리고 있고, 또 수없이 실패한 실험에도 낙담하지 않고 중요한 기본적인 발견을 끝내 이루어 내고야 말도록 무엇인가가 끊임없이 그를 재촉했던 것 같다. 그는 이론 물리학에 전기력선과 자기력선으로 표현된 근본 개념을 제공했고, 이는 맥스웰의 손에 의해서 전자기파로 발전된다. 그의 다른 재능에 덧붙여서 그는 또, 생각을 명쾌하고 단순한 언어로 기술하는 능력이 탁월했다. 패러데이는 매우 유능한 강연가였다.

헤르만 루드빅 훼르디난드 헬름홀츠

자유 에너지와 코일을 창안한 경험론자

"모든 지식은 경험에 근거한다."

독일의 철학자, 과학자였던 헬름홀츠는 자연과학의 광범위한 영역에 기여하였다. 에너지 보존, 유체역학, 전기역학과 전기 이론, 운석물리학, 광학 및 운동학의 추상적 원리 등에 기여를 한 중에서 가장 잘 알려진 것은 에너지보존 법칙에 대한 그의 기술이다.

1821년 베를린 근방의 포츠담에서 출생한 그는 1849년 쾨닉스베르그에서 생리학 교수가 되었다. 이어서 본 대학과 하이델베르그 대학에서 생리학 교수를 지낸 헬름홀츠는 1871년에는 베를린 대학에서 물리학 교수가 되었다.

1847년 당시 가장 중요한 논문 중의 하나로 꼽히는 '힘의 보존에 대하여'를 발표한 그는 메이어(J. R. Mayer), 줄(J. P. Joule), 켈빈경(또 다른 이름 W. Thomson)과 함께 에너지보존 법칙을 세운 사람 중의 하나로 불린다.

1851년 안과학을 발명한 그는 생리광학, 음향학의 선구자이기도 하다. 그는 전기 진동에 대해 연구하는 중에 전자기 유도가 314 km/s 이상의 빠른 속력으로 전파됨을 발표하였는데, 이는 당시 그의 학생이던 헤르츠(H. Hertz)가 그에 의해 주어진 문제를 공부하던 중에 뒤에 전자기파의 존재를 실증한 것과 관련되어 흥미롭다.

    1870년부터 일련의 전기역학에 대한 논문을 발표한 그는 닫힌 회로에 전류가 흐를 때 퍼텐셜을 구하는 문제를 다뤘으며, 전기 분극과 자화(물체가 자성을 지니는 현상)가 가능한 물질을 통한 전기와 자기의 전파를 연구하였다. 그는 전기분해와 전기 이중막에 대해서도 논문을 발표하였다. 말년에 그는 최소 작용 원리의 물리적 의미에 대해 쓰고, 전기역학에 적용하였다.

    그는 또, 철학과 미학의 문제들에 대해서도 발표하고 강연도 하였다. 1894년에 세상을 떠났다.

헬름홀츠의 코일 실험장치

윌리엄 톰슨(켈빈 경)
뉴턴의 곁에 묻히다

몇 사람의 위대한 과학자들이 영국 물리학의 아버지라고 일컬어질 수 있지만, 그중에서 윌리엄 톰슨이 첫 손가락에 꼽힌다. 톰슨은 그의 절친한 독일인 친구였던 헬름홀츠만큼 광범위한 범위에 걸친 연구를 하였다. 그는 지질학, 역학, 유체역학, 열역학, 그리고 전기학의 원리들을 밝혀냈다. 실험적인 의문들을 수학적인 문제로 옮기고 또, 그 결과들을 다시 실제 응용에 적용시켜 해석하는 능력이야말로 그에게 주어진 아마도 가장 큰 축복이었을 것이다. 사실, 그는 전기기술자로서 많은 발명을 남겼으며 또, 이론 물리학자로, 열역학의 제2법칙의 발견자로 유명했다. 그는 영국 물리학계에 새로운 장을 열었고, 그의 동료와 국민들로부터 존경을 한 몸에 받았다. 윌리엄 톰슨은 항상 왕성한 호기심을 가지고 삶에 접근했다. 어렸을 적, 그와 그의 형은 팽이와 비누 방울을 가지고 놀면서, 그것들이 왜 그렇게 작동하는가를 이해하려는 노력을 아끼지 않았다. 오랜 세월이 지난 후에도 톰슨이 비누 방울을 불면서 연구에 몰두해 있는 모습을 사람들은 자주 볼 수 있었다. 그의 아버지는 글라스고 대학의 수학과 교수였고, 이 때문에 윌리엄의 호기심은 가정에서 항상 지지와 격려를 함께 받을 수가 있었다. 11살의 어린 나이에 글라스고 대학에 입학한 그와 형인 제임스는 자주 아버지의 강의에 참석하였고, 다른 학생들이 미처 답하기도 전에 불쑥 대답하곤 했다. 비록 윌리엄은 평생 동안 자식이 없었지만, 그의 집안은 삼촌의 호기심을 닮은 조카들로 인해서 소란스러웠으며, 그의 조카들은 힘닿는 데까지 그를 도우려고 노력했다. 톰슨이 이론 물리를 공부하기 시작한 것은 그가 16살이 되면서부터였다.

케임브리지에 입학하기 바로 전인 그해 여름 그는 푸리에(Fourier)의 열에 관한 해석적 이론(Theorie Analytique de la Chaleur)과 라플라스(Laplace)의 천체역학(Mecanique Celeste)을 열심히 읽었다. 어린 소년의 수학 능력이 놀랍다는 것은 시간이 흐르자 금방 분명해졌다. 1845년에 케임브리지를 졸업하기 전에 그는 유명한 수학 우등 졸업 시험에서 차석을 차지하였고, 뒤에는 스미스 상(Smith Prize)을 받았다. 그를 가르친 교수들은 하나같이 그가 모든 학생들 중에서 가장 창조적인 학생이었다는데 의견이 일치했다. 톰슨은 전기이론을 연구하는데 그의 온 정열을 바쳤다. 그는 패러데이(Michael Faraday), 푸아송(Poisson) 및 쿨롱(Coulomb)의 다양한 방법들을 조화시키고자 노력했다. 그가 가장 활동적이었던 시기는 패러데이의 약간 후이자 맥스웰(James Clerk Maxwell)의 바로 직전이었다. 그는 맥스웰의 전자기 이론의 길을 닦았지만, 그것을 완전히 받아들이지는 않았다. 그의 연구는 양적으로 증가했을 뿐만 아니라 점점 깊이도 더해 갔다. 1847년 줄(James Prescott Joule)을 처음 만난 후 그는 열역학 분야에 뛰어들어서, 1848년에 그가 제안한 열의 절대량을 나타내는 켈빈온도 눈금의 정의를 포함하여 여러 가지 공헌을 남겼다. 수많은 명성에도 불구하고, 톰슨은 언제까지나 자신의 가장 큰 노력이 실패했다고 생각했다. 또, 그는 인내심을 지닌 겸손한 인물이었다. 그의 인내심은 끝내는 성취를 가져왔다. 톰슨은 사회적으로도 뛰어난 유머 감각으로 사람들을 잘 웃기고 친근한 기질을 지녔다. 그는 게임을 매우 즐겼다. 비록 다른 사람들이 시시각각 트럼프란 무엇인지에 관해 일깨워 주어야 했지만, 어쨌든 그는 휘스트(두 쌍의 사람이 하는 카드놀이)에 몰두하곤 했다. 어느 날, 그는 피크닉 파티에서 한 젊은 여인에게 소개되었고, 그녀에게 아이스크림을 가져다주겠다고 제의했다. 그녀는 이렇게 더울 때 어떻게 아이스크림을 만들 수 있을까 이상하게 여겼다. 톰슨은 궁금하게 여기는 그녀에게 차근차근 아이스크림을 만드는 과정을 설명하기 시작했다. 그는 복잡한 문제들을 그 방면의 전문가가 아닌 사람들에게도 이해시키는 능력을 가지고 있었다. 그의 자상함은 동물에게까지 미쳤고, 특히 그가 기르는 애완 동물에게는 더했다. 그가 기르는 앵무새인 '빨간 꼬리 박사'는 그의 가장 좋은 친구였고, 둘은 함께 휘파람으로 멜로디를 따라 불면서 많은 시간을 보내곤 했다. 그 외의 남는 시간에 톰슨은 자신의 요트를 타고 항해하기를 즐겼다. 그가 두 번째 부인을 만난 것도 어느 항해 중에 생긴 일이었다.

1866년 일찍이 나이트 작위를 수여 받은 후, 윌리엄 톰슨은 켈빈 경이 되었다. 이것은 그가 받은 수많은 영예 중의 하나일 뿐이었다. 그가 받은 최후의 영예는 1907년 그가 세상을 떠났을 때, 웨스트민스터 사원의 아이작 뉴턴 경의 바로 곁에 묻힌 것이었다.

제임스 클럭 맥스웰

전자기학을 완성한 맥스웰방정식

맥스웰은 1831년 스코틀랜드에서 태어났다. 어릴 때부터 학자로서의 자질을 보였다. 그가 14살이었을 때 타원을 일반화시키는 일을 완성했고, 그것을 에딘버러의 왕실 학회에 발표했으며 《타원 곡선》이라는 제목으로 출간하였다. 1847년 맥스웰은 에딘버러 대학교에 입학했고, 물리학 교수의 지도하에 방과후에 기재를 사용할 수 있는 허가를 받았다. 그는 저녁 시간에 많은 실험과 공부를 하였다. 그는 세탁소 위에 임시변통의 실험실을 만들었다. 실험대는 두 개의 양동이와 의자 위에 얹어 놓은 낡은 문짝이었다.

그가 18살이 되던 1849년까지 그는 두 편의 논문을 더 작성하였다. 하나는 '구르는 물체가 만드는 곡선'이었고, 다른 하나는 '탄성체의 평형'이었다. 맥스웰은 전기마당과 자기마당의 수학적인 기술에 크게 기여하였다. 1855년에 맥스웰이 편리한 수학적 모형을 개발하였다. 맥스웰은 그의 논문 '패러데이의 힘선에 대하여(On Faraday's lines of force)'에서 마당을 나타내는 선들과 비입축성 유체의 흐름 사이의 수학적인 관련을 발전시켰다. 마당의 세기, 말하자면 전기마당 E는 유체의 속도 v에 대응된다. 이 대응은 불완전하기는 하지만 아직 우리가 사용하고 있는 용어에서 찾아볼 수가 있다. 즉, 우리는 마치 유체의 흐름과 관련이 있는 것처럼 전기마당의 다발 E를 이야기한다. 맥스웰의 유체와의 대응은 1861년에 발표된 그의 유명한 4편의 논문 '물리적인 힘선에 대하여(On Physical Lines of Force)'에서 계속된다. 여기서는 그의 유체 모형은 소용돌이를 포함하게 된다. 자기력선은 소용돌이의 축으로 나타내어지고, 자기력은 소용돌이의 압력과 관련되어 있다. 이 모형은 인접한 소용돌이들이 같은 방향으로 돌아야만 하기 때문에 다소 복잡하다. 맥스웰은 소용돌이 사이에 구르는 접촉 입자들을 도입하였다. 그는 전류와 자기마당 사이의 수학적인 관계를 이 모형 유체에서 접촉 입자들의 운동을 생각함으로써 구하였다. 이 모형은 또, 맥스웰로 하여금 빛을 전자기 현상으로 간주하게끔 하였다. "빛은 전기와 자기 현상을 일으키는 매질의 횡적 요동으로 되어 있다." 맥스웰 방정식이라고 불리는 전기마당과 자기마당 사이의 수학적인 관계는 모든 전, 자기 현상에 대한 온전한 이론적인 기반을 제공한다. 이들 식은 그 간단성과 우아함에서 너무나도 아름다워서 볼쯔만으로 하여금 괴테의 구절을 인용해 "이 식을 신이 썼는가?"라고 묻게 하였다. 1871년에 맥스웰은 케임브리지 대학의 으뜸 실험물리학 교수로 추대되었으며, 당시 건설 중이던 카벤디쉬 연구소의 소장이 되었다. 그곳에서 1879년 세상을 떠나기까지 카벤디쉬 연구소가 물리학 기초 연구에 유수한 중심적인 연구 기관이 되도록 초기의 기반을 다졌다.

맥스웰의 전기와 자기에 대한 연구는 크게 구별되어 보이는 두 분야를 모든 전자기 현상을 포괄하는 통합 이론으로 합쳤다. 맥스웰은 또 열역학과 통계역학에서도 중요한 기여를 하였다. 그의 이러한 업적으로 우리는 그를 갈릴레오, 뉴턴, 그리고 아인슈타인과 같은 반열에 서서 우리는 더 먼 자연의 지평을 볼 수 있게 되었다.

하인리히 루돌프 헤르츠
일찍 세상을 떠난 촉망받았던 물리학자

라디오파를 주고 받을 수 있음을 처음 실증시켜 준 독일의 물리학자 헤르츠는 1857년 함부르크에서 태어났다. 헤르츠는 베를린에 가서 헬름홀츠 밑에서 공부했고, 키엘에 가서 무임 강사가 되었으며 맥스웰의 전자기 이론을 공부하기 시작했다. 당시는 전자기 이론이 완성되기 몇년 전이었다. 헬름홀츠는 헤르츠에게 유전체의 극갈림과 전자기마당 사이의 관계를 실험적으로 보여주는 사람에게 상금을 준다는 베를린 과학원의 제안을 알려주면서 도와주겠다고 했다. 그러나 헤르츠는 이를 깊이 생각하지 않았다. 나중에야 전자기의 영향이 공간을 통해 전달되는 것을 발견하고, 전자기파의 파장과 속도를 측정하고, 진동이 횡파인 점과 반사, 굴절, 편광 특성이 모두 빛이나 열(적외선)과 완전히 일치하는 것을 보일 수 있었다. 이 결과는 빛의 전자기파 성질을 보여준 것이다. 헤르츠는 본 대학의 물리학교수가 되어, 거기서 희박한 기체의 방전을 연구했는데, 몇년 뒤 뢴트겐에 의해 발견된 X-선의 발견을 아깝게 놓쳤고, 그의 마지막 일이 되어 버린 《역학 원리》를 출간했다. 오랜 병 끝에 그는 1894년 일찍 세상을 떠났다.

벤자민 프랭클린
피뢰침을 창안한 실용주의자

구 세계가 인정한 신세계 최초의 물리학자인
벤자민 프랭클린은 1706년 1월 17일에 미국의
보스턴에서 태어났다. 그는 비누와 양초를 만드
는 조슈아 프랭클린의 17자녀 중 15번째 아이였
다. 그의 어머니는 아버지의 두 번째 부인이었
고, 흥미롭게도 벤자민은 5대째 막내아들의 가계를 이어왔다.

어린 벤자민은 글을 일찍이 깨우쳤지만, 비싼 학비 때문에 공식적
인 학교 교육이라고는 2년밖에 못 받고 10살 때 그만두었다. 그는 읽
기와 쓰기에서 각각 '매우 잘함'과 '잘함'을 받았지만, 산수는 '형편
없음'을 받고 말았다. 그는 집으로 돌아와 양초와 비누를 만들어 파
는 일을 도왔다.

12살이 되면서 벤자민은 인쇄공인 형 제임스 밑에서 일하게 되었
다. 그는 더 이상 학교를 다니지는 못했지만, 학업을 완전히 포기한
것은 아니었다. 한 역사가가 기록해 놓은 것 같이 "가장 호기심이 많
고 감수성이 예민한 미국의 한 젊은이가 지식을 사냥하고 있는 중이
었으며, 그는 사막에서까지도 그것을 찾았을 것이다." 이 어린 소년
은 글쓰는 기술을 다듬어 갔고, 곧 사일런스 도굿(Silence Dogood)이라는
필명으로 형이 발간하는 신문에 많은 기고를 하였다.

17살이 되자, 비록 형과의 계약 기간이 끝나지는 않았지만, 벤자민은 가출하여 처음에는 뉴욕, 다음에는 필라델피아로 거처를 옮겼다. 24살에 프랭클린은 자신의 인쇄소를 소유하게 되었고, 그후로 37년이 지나서 그는 펜실베니아 신문(Pennsylvania Gazette)을 발간하였다.

　벤자민은 성공적인 조직가이자, 개혁가였으며, 혁신가이기도 했다. 그는 최초로 신문에다 만화를 삽입한 사람이었다. 그는 세계 최초로 도서관에 신문을 구독하도록 하였고, 의용 소방대를 창설하였으며 또, 최초로 화재 보험회사를 시작하기도 하였다.

　그러는 동안 그는 과학 실험에 관심을 쏟기도 하였다. 그는 열역학, 해양학, 기상학, 그리고 무엇보다 특히 전기 분야에 관한 연구를 하였다. 프랭클린이 연구를 하기 시작하였을 때는 전기에 대하여 그리 많이 알려진 상태가 아니었으며, 아마도 프랭클린은 그조차도 잘 알지 못했을 것이다. 그러나 라이덴 병(전기축전기)을 가지고 한 실험은 유럽의 대중 심리를 자극시켰고, 프랭클린은 즉각 그 기구를 구입하였다.

　비록 정규 과학교육은 받지 못했지만, 그는 빈틈없는 관찰자였다. 그의 실험은 매우 신중하면서도 정확하였고, 제대로 기술되었다. 다만 정량적이지는 못했는데, 이는 아마도 그가 수학에 대한 관심이 부족했기 때문일 것이다. 번개의 본질이 전기일지도 모른다는 생각을 프랭클린이 처음 한 것은 아니며, 그 이론을 실험적으로 처음 증명한 것도 아니다.

　그러나 그는 번개를 구름에서 끌어내기 위해 금속으로 만든 뾰족탑을 세우자고 제안한 최초의 사람이었다. 이 실험들을 마친 후 프랭클린은 유명한 연 실험을 수행하게 되었다. 이러한 연구들의 결과로, 또 프랭클린의 실용적인 면의 재현으로, 그의 피뢰침이 발명되었다. 이 발명은 자신의 집이 파괴되는 것을 막기도 하였다. 프랭클린은 실험가인 동시에 공상가이기도 했다.

프랭클린의 시대에는 전기의 두 가지 유형이 유리 전기(vitreous, 유리와 비단을 마찰시킬 때 유리에 남는 전기)와 수지 전기(resinous, 수지에 남는 전기)라고 알려져 있었다. 1747년에 프랭클린은 이 두 가지 이름을 대신하는 '양전기'와 '음전기'라는 용어를 소개했다. 2년 후 그는 모든 물질에 침투할 수 있는 어떤 유체에 의해서 전기가 생긴다는 일반적인 이론을 갖게 되었다. 즉, 이 유체가 과도하게 있을 때 물체는 양전기를 띄게 된다.

프랭클린은 자신의 이론을 영국에 있는 한 친구에게 알렸고, 그는 그것을 영국 학술원에서 발표하였다. 그러나 아무런 관심도 일어나지 않았다. 그 이론은 개인적으로 인쇄되었고 불어로도 번역되었다. 이 출판은 그 당시 가장 유행하고 있던 이론을 만들어 낸 아베 놀레(Abbe Nollet)를 몹시 불쾌하게 하였다.

훗날 프랭클린은 아베에 대해서 다음과 같이 썼다.

"그는 처음 이러한 연구가 미국에서 이루어졌다는 것을 도저히 믿으려 하지 않았고, 또 이것은 자신을 깎아 내리려고 파리에 있는 적들에 의해서 날조된 것이 분명하다고 말했다."

루드빅 볼츠만
통계역학의 기초를 다진 이론물리학자

오스트리아의 물리학자로 통계역학의 발전과 열역학의 제2법칙에 대한 통계역학적 설명 등 물리학의 많은 분야에서 중요한 기여를 한 볼츠만은 1844년 비엔나에서 출생했다. 비엔나에서 대학을 졸업한 그는 1866년 박사 학위를 받았다.

그는 비엔나, 그라츠, 뮌헨, 라이프치히 등에서 수학, 실험물리학 및 이론물리학 교수를 지냈지만 그의 주된 연구 분야는 이론물리학이었다. 그는 당시까지 고려되지 못했던 열역학의 제2법칙에 대한 원자론적 설명을 시도하였다. 1870년대에 발표된 논문들을 통해서 그는 원자 운동에 적용시킨 역학 법칙들과 확률론으로 제2법칙이 이해될 수 있음을 보였다.

이를 통해서 제2법칙이 사실은 통계적인 법칙이며, 열역학적 평형 상태는 가능도가 압도적으로 큰 상태라는 점을 명확히 했다. 이 과정에서 볼츠만은 일정 온도 하의 평형 상태의 계가 갖는 에너지 분포, 등분배 정리, 충돌에 의한 원자 분포의 변화에 대한 미적분식을 유도하고, 후일 깁스에 의해 세워진 통계역학의 구조 대부분에 대한 주춧돌을 세웠다. 통계역학에 대한 연구와 함께 볼츠만은 기체 운동론에 대한 방대한 계산을 하였다. 그는 또 일찍이 맥스웰의 전자기 이론의 중요성을 간파한 몇 안 되는 유럽인 중의 하나였다. 그는 또, 흑체 복사에 대한 슈테판의 법칙을 열역학 이론으로 유도한 장본인이었으며, 로렌츠는 이를 '이론물리학의 진정한 진주'라고 불렀다. 그러나 볼츠만의 통계역학에 대한 연구는 오스트왈드 등의 에너지론자들에 의해 심하게 공격을 받았다. 그들은 원자를 믿지 않았으며, 모든 물리현상을 에너지와 관련지어 해석하고자 하였다. 그는 또 비가역성에 대한 그의 통계역학적인 생각을 잘못 이해한 사람들로부터도 고통을 받았는데, 이 모든 반대는 20세기 초 발견된 원자물리와 브라운운동과 같은 요동 현상에 의해 말끔히 씻을 수 있었다.

그러나 병들고 심약해진 볼츠만은 자신의 일생 동안의 연구가 쓸모 없게 되었다고 생각하고 1906년 스스로 목숨을 끊었다. 그의 묘비에는 그가 관계를 찾았고 다시 막스 플랑크에 의해서 비례상수(볼츠만 상수)가 찾아진 유명한 확률과 엔트로피(열을 가해 다시 돌아올 수 없는 상태) 사이의 관계식 $S = kB\ln$가 새겨져 있다.

마리 퀴리

노벨 물리학상·화학상을 받은 핵물리학 어머니

마리 퀴리(결혼 전 이름은 Manya Sklodovska)는 폴란드인 교사 부부의 막내딸로 태어났다. 어려서부터 기억력이 뛰어난 그녀는 16세에 우등으로 고등학교를 졸업했다. 수학과 물리학 교사였던 아버지의 투자 실패로 인한 경제적인 이유로 가정교사 노릇을 해야만 했다.

그러나 배움에 대한 그녀의 열의는 곧 그녀의 모든 상황을 극복하게 하였고, 마침내 그녀는 소르본 대학에 입학하였다. 그녀는 시험 결과 물리학과 수학에서 석사 학위를 받으면서 수석과 차석의 자리를 차지하였다. 학업을 계속 하던 중, 피에르 퀴리를 만났고, 두 사람은 결혼까지 하였다.

결혼 후, 마리는 박사 학위 논문을 준비하기 시작하였고, 방사능에 관해서 연구하기로 결심하였다. 그녀는 피치블렌드(천연 우라늄석)에서 나오는 방사선이 우라늄에서만 방출된다고 보기에는 너무 강하다는 것을 깨닫게 되었다.

마리는 피에르의 도움으로 우라늄 광산에서 8톤의 광석 폐기물을 사들였다. 그녀는 광석을 정련시키는 기술을 완전히 익혔고, 지하에 있는 환기도 안 되는 실험실에서 4년간을 연구에만 전념했다. 그 결과 폴로늄과 라듐 원소를 발견하게 되었다. 폴로늄은 그녀의 조국 폴란드를 기념하여 붙인 이름이었다. 금속 상태의 순수한 라듐을 얻기 위해 진력한 마리는 10mg의 라듐을 생산해 내는데 성공했다.

이 연구로 박사 학위를 받은 그녀는 같은 해에 남편 피에르 퀴리, 벡크렐(Henri Becquerel)과 함께 방사능의 발견에 관한 공로로 노벨 물리학상을 받았다. 퀴리 부인과 그녀의 남편은 메달과 영광을 함께 누릴 수 있었지만, 보다 나은 실험실과 장비는 받지 못했다.

남편 피에르 퀴리가 1906년 갑자기 세상을 떠난 후 남편의 자리를 이어서 마리 퀴리는 교수가 되었다. 그녀는 소르본 대학 최초의 여자교수였다. 1911년 마리는 순수한 우라늄을 정제해 낸 공로로 그녀의 두 번째 노벨상(화학상)을 수상하였다.

그녀는 꾸준히 연구를 계속하다가, 자신이 발견한 방사능이 원인이 되어서 일으킨 백혈병으로 세상을 떠났다.

크리스찬 호이겐스
흔들이 시계를 발명한 파동학의 선구자

크리스찬 호이겐스는 1629년 네델란드의 헤이그에서 출생했다. 그는 1655년 그의 형과 함께 망원경을 개량하던 중에 렌즈를 갈고 닦는 새로운 방법을 찾았다. 이를 써서 그는 토성과 토성 환의 선명한 상을 얻을 수 있었다.

그는 또, 1656년에 오리온 성운을 처음으로 관측한 사람이었다. 천문 관측에서 정확한 시간의 측정이 필요했던 그는 흔들이를 시계에 사용하였다. 이 발명은 1656년의 일이었고, 이에 필요한 구조에 대한 설명이 그의 '시계학(Horologium)'으로 1658년에 발간되었다. 원운동에서의 원심력에 관한 정리는 아이작 뉴턴 경이 만유인력법칙을 구상하는 데 도움이 되었다.

이어서 1673년에 출간된 그의 '시계진동(Horologium Oscillatorium)'에는 계의 동역학을 다룬 첫 성공적 시도와 함께 그의 많은 발견들을 싣고 있다. 이 놀라운 책에서 그는 흔들이의 길이와 주기 사이의 올바른 관계를 밝혔으며, 흔들이 시계의 정시성을 개선하는 방안으로 사이클로이드 흔들이를 제안하였다.

1681년 프랑스로부터 네델란드로 돌아온 그는 6년간 초점거리가 매우 긴(30~60m) 렌즈를 만드는 데 진력하였다. 그는 이것을 높은 장대 위에 달고 접안렌즈와는 줄로 연결시킨 공중 망원경을 만들었다.

또, 그는 아직도 그의 이름으로 불리고 있는 거의 완벽하게 색수차가 없는 접안렌즈(호이겐스형 접안렌즈)를 만드는 데 성공하였다.

그는 또 1665년에 이미 훅(Robert Hook)에 의해 받아들여진 빛의 파동 이론을 발전시켰다. 그는 특히 파면의 각 점에서 2차 파동이 발생하고, 새 파면들의 싸개 면이 다음 파면을 형성하는 식으로 파의 진행이 일어난다고 가정하였다. 이것이 잘 알려져 있는 호이겐스의 원리이다.

이를 이용하여 그는 광학의 기본 법칙들을 증명할 수 있었고, 이방성 결정에서 이상 광선의 진행 방향을 정확하게 결정할 수 있었다. 이들 조사와 함께 편광에 대한 실험은 1678년에 작성되어 1690년에 라이든(Leiden)에서 발간된 빛의 개론(Traite de la lumiere)에 기록되어 있다.

그는 그가 태어난 헤이그에서 1695년에 세상을 떠났으며, 그의 논문들은 라이든 대학에 기증되었다.

에드윈 홀
불운한 근현대 미국 물리학의 영웅

홀 효과로 잘 알려진 에드윈 홀(Edwin H. Hall)의 이름에도 불구하고 그에 관한 기록은 물리학 교과서에서 쉽게 찾아볼 수 없다. 심지어는 브리태니커 백과사전에도 그의 이름은 등재되어 있지 않다. 그러나 그가 현대 물리학 특히 반도체를 포함한 전자산업에 끼친 영향은 놀라울 정도로 크다고 할 수 있다.

그는 1879년 그가 미국의 존스 홉킨스 대학에서 로란드(Henry A. Rowland) 밑에서 대학원 학생으로 있을 때 홀 효과를 발견하였다. 이는 톰슨(J. J. Thomson)에 의해서 음극선(전자)이 자기마당에 의해 휘는 것을 찾아내기 18년 전이었으며, 밀리칸에 의해 전자의 전기량이 밝혀지기 훨씬 전이었다.

홀은 전류가 흐르는 도선이 자석에 의해 힘을 받는 것을 알고서 도선 전체가 힘을 받는 것이 아니면 도선 내의 진자(전류)만이 힘을 받는 것인지 알고 싶어했다. 그는 후자가 맞을 것이란 생각에, '만약 고정된 도선내의 전류 자신이 자석에 끌린다면, 전류는 도선의 한쪽으로 흘러나와야 하겠기에 도선의 전기저항이 증가할 것'이란 가정에 따라 실험을 행하였다.

그의 실험은 결국 자기저항(magnetoresistance)을 찾는 것으로 당시의 실험 정밀도로는 알기 어려울 정도로 변화가 작아서 실패하였다. 그는 여기에 낙담하지 않고 '만약 자석이 전류를 당기더라도 도선 바깥으로 끄집어낼 수 없는 정도라면 도선 내에 한쪽 벽으로 전기적인 응력이 생겨날 것이고, 이 응력은 전압으로 나타날 것'이라고 가정하여 전위차를 측정해 보게 되었다.

이것이 홀 전압이고 이로써 홀 효과가 발견되었다.

이 홀 효과는 1900년 초 금속의 전자 특성을 이해하는데 한 몫을 하였고 그후 반도체의 발견에 따라 엄청난 기여를 하게 되었다. 홀 효과를 몰랐다면 지금과 같은 전자 산업은 꿈도 꾸지 못했을 것이다.

더욱이 근자에는 매우 낮은 온도, 순수한 재료 및 높은 자기마당 하에서 새로운 양자 홀 효과가 발견되어 그 영역을 더욱 확장하고 있다.

조셉 존 톰슨 경
전자를 발견한 뛰어난 조련가

영국의 물리학자로 전자의 발견자이자 1906
년에 노벨 물리학상을 수상한 톰슨은 맨체스터
부근의 치탐 언덕에서 1856년에 태어났다. 그의
아버지는 출판업자이자 책 판매상이었다.

14살의 나이에 맨체스터 오웬스 대학에 입학
하여 엔지니어가 되려고 했으나, 물리학에 깊은 관심을 갖게 되어
1876년 케임브리지로 간 그는 트리니티 대학에서 공부한 후 1882년
에는 강사가 되었다.

1883년 원자 구조에 관심을 가지고 연구하기 시작한 그는 1884년
에는 영국 학술원의 회원으로 선출되고 레일리(Rayleigh) 경의 후임으
로 케임브리지 카벤디쉬의 실험물리학 교수가 되었다. 그는 곧 총명
한 학생들을 모아서 연구 조수로도 활용했는데, 그중에서 7명이 후에
노벨상을 받는다.

1893년 '전기와 자기의 최근 연구에 대한 고찰'을 발표하고 1895
년에는 《전기와 자기의 수학적 이론 요소》를 발간하였다. 1896년과
1904년 두 차례에 걸쳐서 미국 강연을 가진 그는 그 도중에 음극선에
관한 그의 독창적인 연구를 하였다.

즉, 그는 음극선 입자의 질량 대 전하 비(e/m)를 측정하여 그 값이

전해질에서 측정한 것보다 1/1000 가까이 작은 것을 발견하였다. 그는 또, 음극선 입자의 전하 e를 측정하고자 노력하여 전기분해에서의 전하와 같은 것을 알게 되었다.

따라서 그는 음극선을 구성하는 입자(지금 우리가 '전자'라고 부르는)가 알려진 가장 작은 원자(수소 원자)보다도 매우 작음을 보였다. 이 수소 원자보다도 작은 입자의 발견은 1897년 4월 30일 왕립 학술원의 금요 저녁 강연에서 처음으로 발표되었다. 1903년에는 가장 위대한 저술인 《기체를 통한 전기 전도》가 발간되었고, 이 책은 레일리경에 의해서 '카벤디쉬 실험실에서의 톰슨의 위대한 날들의 집약'이라고 칭송되었다.

그의 방법은 원자와 분자의 동위원소를 분리, 발견하는데 크게 기여하였다. 톰슨은 1915~1920년 사이 영국 학술원의 회장이 되었으며, 1918~1940년 간 트리니티 대학의 학장을 지냈다. 1892년에 태어난 그의 아들 조지 톰슨(George Paget Thomson) 경도 1937년에 전자회절 실험으로 노벨 물리학상을 받는다.

1940년 케임브리지에서 사망한 톰슨은 웨스트민스터 사원에 묻혀 있다.

닐스 헨릭 데이빗 보어
선 스펙트럼을 설명한 원자모형의 영웅

보어는 1885년 덴마크의 코펜하겐에서 태어났다.

1903년 코펜하겐 대학에서 물리학 공부를 시작한 그는 4년 뒤 액체의 표면장력에 관한 주의 깊은 연구로 덴마크 왕립 학술원이 주는 금메달을 받았다. 그는 또 대학원 연구에서 금속의 전기, 자기, 열적 특성을 조사하였는데 이를 이해하기 위해서는 당시에 알려져 있던 전자에 관한 이론으로는 부적합한 것을 알게 되었다.

1911년에 박사 학위를 받은 후 케임브리지 대학의 카벤디쉬 연구소에서 톰슨(J. J. Thomson)의 지도로 연구를 계속하였다. 그곳에서 그는 언어(외국어) 장벽 때문에 숱한 고생을 하였다고 한다.

1912년 초 케임브리지를 떠난 보어는 러더포드를 만난다.

바로 전 해에 러더포드는 그의 원자모형을 발표한 바 있고, 보어는 그 모형에 관심을 가졌는데 러더포드의 원자모형이 알파입자의 산란을 잘 설명한다는 점과 반면에 분명히 설명해야 할 원자의 안정도를 주지 못했기 때문이었다.

코펜하겐에 돌아온 그는 원자 중심의 원자핵 주위를 도는 전자들의 안정된 분포를 찾고자 노력하였다. 비록 이 연구는 성공하지 못했지만, 그의 계산에서 수소는 한 개의 전자를 갖고, 헬륨은 두 개의 전자, 리튬은 세 개의 전자를 가져야만 한다는 암시를 얻었다.

1913년 보어의 한 동료가 수소의 선스펙트럼에 관한 발머(Johann Balmer)의 식을 귀띔하였다. 보어는 후에 "발머의 식을 보자마자 모든 것이 내게 분명해졌다"고 술회했다. 그 뒤 한 달도 못되어서 그는 그의 원자 구조에 관한 첫 논문을 완성하였다. 보어는 그의 원자 모형을 구상할 때 28살의 젊은 나이였다. 그 뒤로도 그는 원자 물리와 원자핵 물리학에 많은 중요한 공헌을 하였다. 아마도 가장 중요한 업적은 그가 그후 20여 년 간 발전되어 온 양자 이론에 보여준 선도적인 역할이었다고 할 수 있다.

켈러 등의 일반 물리학 책에서 닐스 보어는 1922년에 원자 구조와 원자로부터의 내비침에 대한 연구업적으로 노벨상을 받았다.

1943년 나치의 추적을 피하여 덴마크를 떠날 때 라우에(Max von Laue)와 후랑크(James Franck)가 맡겨둔 노벨상의 금메달들을 산에 녹여 그의 연구실 선반 위에 놓아두었다고 한다. 전쟁이 끝난 후 그가 다시 코펜하겐에 돌아왔을 때 보어는 산 용액의 금을 침전시켜 다시 금메달로 만들었다는 일화가 있다

엔리코 페르미
근대 이탈리아 물리학의 자존심

엔리코 페르미가 14살이 되던 어느 날, 그는
로마 거리의 구 시장 안으로 걸어 들어가 고서적
들이 즐비하던 진열대를 샅샅이 뒤지기 시작했
다. 얼마 후, 그는 흥미 있는 것을 발견하였다.
1840년에 라틴어로 쓴 물리학 책이었다. 이 어
린 책략가는 이미 투영 기하학과 수학에서 쓰이는 다른 도구들에 관
해 통달한 지 오래되었다. 그리고 그는 지금 물리학에 관심을 가지기
시작했다. 엔리코는 뛰어난 암기력을 가진 덕분에 대개의 경우 책을
한번만 읽으면 그만이었다. 몇 년이 지난 후에도 그는 여전히 단테의
신곡과 아리스토텔레스의 작품들 대부분을 암송할 수 있었다. 말할
필요도 없이, 엔리코의 학교 성적은 우수했다. 대학에서 엔리코는 이
론에 관한 물리학 문제를 푸는 데는 거의 무적에 가까웠다.

그러나 1920년대인 그때까지 물리학자란 결국 실험 물리학자를
의미했다. 엔리코는 엑스선의 회절에 관한 연구를 굽은 크리스탈을
가지고 하기 시작했다. 그 결과에 관한 논문은 그의 박사 학위 취득을
거의 확실하게 했지만, 그는 보다 안전하게 두 개의 논문을 제출하였
다. 로마 대학에서 직위를 얻은 후, 페르미는 자신의 실험 능력을 개
선시키는 데 관심을 돌렸다. 얼마 안 가서 그는 기계적인 것들에 매우
정통하게 되었다.

실제로 다음과 같은 일이 있었다. 한번은 강의 차 미국으로 출장을 간 적이 있었는데 거기서 그는 '나르는 거북'이라는 이름의 자동차를 샀다. 도로에서 차에 어떤 문제가 생겼고 그는 근처 주유소에 차를 세웠다. 엔리코는 아주 능숙하게 차를 수리했고, 이를 지켜보던 주유소 사장은 즉석에서 일자리를 제의했다. 더욱이 이때는 바로 대공황의 한 가운데였다.

페르미의 실험 능력은 곧 보다 큰 성공을 거두었다. 1932년에 중성자를 발견한 후, 그는 중성자 다발을 쏘았을 때 생겨나는 방사능을 연구하는 그룹의 장이 되었다. 이 그룹은 실험 장치가 나무로 된 테이블 위에 놓였을 때와 비교하여 대리석 위에 놓였을 때 다른 결과를 얻었기 때문에 의아해 했다. 페르미는 대답을 찾았으며 천천히 움직이는 중성자들이 더 큰 방사능을 갖는 것을 발견하였다. 이와 같은 노력이 그에게 1938년도 노벨상을 안겨 주었다. 핵분열의 가능성은 이다 노다크(Ida Noddack)에 의해서 보다 일찍 제의된 바 있었고, 페르미 또한 그 가능성을 알고 있었다. 그러나 중성자 다발을 이용한 그의 모든 연구에서 그는 핵분열에 관한 어떠한 증거도 발견할 수 없었다. 후에 핵분열이 발견되었을 때, 페르미는 자신의 부주의로 인한 실수를 크게 나무랐다. 페르미는 콜롬비아 대학의 직위를 받아들였고, 후에는 시카고 대학으로 옮겨갔다.

그는 이 동안 내내 핵분열과 연쇄반응의 가능성에 대해서 곰곰이 생각하였다. 이 당시 유럽은 한창 전쟁 중이었고 미국은 이탈리아인들을 가리켜 '적국의 국민들'이라고 선포했다. 페르미의 우편물은 검열을 받아야 했고 출국 또한 금지되었다. 그럼에도 불구하고, 그는 최초의 원자로를 고안해 냈고, 1942년에 이는 임계 상태에 도달하여 28분 동안 1/2W의 전력을 일으켰다. 다음으로 그는 로스알라모스로 옮겨와 원자폭탄을 설계했다. 페르미의 비상한 암기력과 어려운 문제를 단순화시키는 뛰어난 능력은 때로는 그를 신들린 것처럼 보이게끔 하기도 했다. 만약 페르미가 어떤 문제에 직면하여 정답을 모른다고 해도, 누군가가 몇 개의 숫자를 그에게 들려주면 그는 정답에 눈을 반짝여 맞힐 것이라는 소문마저 돌기도 했다. 문제를 풀어내는 그의 능력은 실로 대단했지만, 말년에는 젊은 물리학자들의 세미나에 참석해서 전혀 알아들을 수 없다고 불평을 늘어놓는 지경에까지 이르고 말았다. 단지 강연의 마지막 한 마디만이 그를 감동시킬 수 있었다. 즉, 그 한마디는 "이것이 바로 엔리코 페르미의 베타붕괴 이론입니다"였다.

부록 **1**

진화와 과학

'살아 있는 다윈'으로 칭송받던 하버드 대학의 마이어 교수는 이런 말을 했다. "진화를 이해하지 않고는 이 신비로운 세상을 이해할 수 없다. 진화는 이 세상을 설명하는 가장 포괄적인 원리다." 찰스 다윈으로 대표되는 진화론은 지금도 많은 학자들에 의해 연구되고 논의되고 있다. 그러나 이 세상은 지금도 조금씩 진화하고 있다. 그 진화의 세계로 들어가 보자.

진화와 과학

넓은 의미로는 생물의 진화에 관해 연구하는 학문 분야를 말하는데, 여기서는 진화론의 역사를 살펴보기로 한다. 고대 그리스의 자연철학자들 중에는 사물의 생성(生成) 문제를 말한 사람이 많았다. 그중한 사람인 엠페도클레스는 지(地)·수(水)·풍(風)·화(火) 4원소의 결합 분리로 경험세계의 생멸의 사실을 설명하려고 하였고, 동물체의 여러 부분이 발생하여 지상에서 결합되었다고 했으며, 아낙사고라스는 사람은 물고기 모양의 조상에서 유래하였다고 설명하였는데 흔히 사람들은 이들의 설이 진화관념의 효시라고 여긴다.

아리스토텔레스는 생물의 여러 부류가 완전의 정도에 따라 관계적으로 연쇄를 이루어 배열되어 있다는 자연의 단계(scala naturae)를 설명하여, 이것이 근세에 와서 동물을 하등한 것과 고등한 것으로 분류하게 하고 진화사상을 낳게 한 토대가 되었다고 하지만 그 자신에서는 진화의 관념을 찾을 수 없다.

근세에 들어와서 진화사상이 어느 정도 뚜렷이 나타나기 시작한 것은 18세기 중엽 프랑스에서였다. P. L. M. 모페르튀는 이름을 밝히지 않은 저서 《사람 및 동물의 기원》(1745)에서 식물과 동물의 종(種)의 변화에 관해 썼는데 자연선택의 원리가 예견된다고 평하는 사람도 있다. G. L. L. 뷔퐁은 《박물지》 제1권(1749)에서 지구의 역사를 다루고, 그 다음의 여러 권에서 생물의 변화 문제에 대해 말하였는데 생물은 환경의 영향, 특히 온도와 먹이가 직접 원인이 되어 변한다고 하였다.

그러나 전후의 기술에 모순이 있어 그를 진화론자라고 보기에는 문제가 있다고 한다. P. H. D. 올바크는 《자연의 체계》(1770) 에서 인간은 확실히 자연의 역사적 변화의 소산이라고 하였다. 그 무렵 D. 디데로와 같은 혁신적인 철학자들이 진화사상을 고취하였다. 아무튼 진화론이 프랑스의 학계와 사상계에 움트기 시작한 것은 사실이며, 그 배경은 뉴턴 역학의 기본적 관념이 프랑스에 보급되어 자연의 인과적 변화의 관념이 확립된 것이라고 할 수 있다.

18세기 말 영국에서 E. 다윈이 《주노미아》(1794~1796) 에서 생물계의 법칙성을 논하면서 생물의 욕구가 작용을 일으키며, 그 결과 진보하고 대를 이어감에 따라 진화한다고 하였다. 그러므로 그는 J. 라마르크의 한 선구자인 셈이다. 그러나 그의 설은 아직 체계화된 것은 아니었다. 체계적인 진화론을 처음으로 제시한 사람은 라마르크이다. 그는 《동물철학》(1809) 이라는 그의 저서에서 동물분류학 · 생명론 · 감각론과 함께 진화사상을 상세하게 기술하였다. 또, 《척추동물지》제 1권(1815) 서론에서 다시 이것을 논하였다.

라마르크는 무기물에서 자연발생한 미소한 원시적 생물이 그 구조에 따라 저절로 발달하여 복잡하게 된다는 전진적 발달설과 습성에 의해 획득된 형질이 유전함으로써 발달한다는 설을 함께 설명하였다. 그는 전자로는 큰 동물 부류들이 단계적으로 배열됨을 설명하고 후자로는 종의 다양성을 설명하려고 하였다. 또한 그는 동물은 내부 감각으로 생기는 욕구로 진화한다고도 하였다. 라마르크의 학설은 당시에 실증적인 생물학이 대두되고 있는 때였으므로 허무한 사변이라고 묵살되거나 배격되었다. 그 이유는 당시 비교해부학자·분류학자였던 창조론자 G. 퀴비에의 입김이 크게 작용했기 때문이다.

진화론을 확립한 사람은 E. 다윈의 손자인 C. R. 다윈이다. 그는 저서 《종의 기원》에서 자연선택설을 바탕으로 하여 새로운 종이 생기는 메커니즘을 설명하였는데 변이의 원인 중의 한 가지로 라마르크의 용불용설도 채용하였다. 그러나 다윈은 라마르크의 '전진적 발달'을 배격하였다. 다윈은 자연선택설을 제창했을 뿐만 아니라 진화의 증명이 될 수 있는 생물학상의 사실적인 예도 많이 들어 생물 진화를 사람들에게 확신시키는데 공헌하였다.

다윈의 자연선택설은 영국의 산업자본주의 발전을 반영한 것이며, 자유경쟁에 의한 번영의 이념을 생물계에 도입한 것으로 간주되기도 한다. '종의 기원'이 종교적인 반감을 일으키면서도 급속히 보급된 원인 중의 하나이다. 다윈의 진화론은 생물학의 각 분야에 영향을 주었을 뿐만 아니라 사회사상에도 지대한 영향을 주었다. 이를테면 H. 스펜서가 제창한 사회다윈주의는 생존경쟁설에 따라 인종차별이나 약육강식을 합리화하여 강대국의 식민정책을 합리화하는 데 이용되었다.

다윈 이후 진화학설에 관한 논의가 그치지 않았는데 그 쟁점의 하나는 라마르크와 마찬가지로 다윈도 믿었던 획득형질의 유전 문제였다. A. 바이스만은 이것을 부정하고 '생식질의 연속설'을 제창한 사람으로, 자연선택만능을 부르짖었으므로 이것을 '신다윈설'이라고 한다. 이 신다윈설에 맞서서 획득형질의 유전을 주장하는 '신라마르크설(Neo-Lamarckism)'도 나왔다. G. J. 로마네스, M. F. 바그너 등은 지리적 또는 생리적인 격리에 의한 교잡의 방지가 없이는 생물의 진화는 있을 수 없다는 격리설을 주장하였다. 19세기 말이 가까워짐에 따라 다윈설의 결함이 차차 드러나고 진화론에 입각한 계통 탐구의 어려움이 인식되면서 생물학이 기재적 형태학으로부터 실험생물학으로 발전하기 시작함에 따라 진화론에 대한 관심이 차차 감소되었다.

진화론이 동인이 되어 움트기 시작하던 유전 연구는 1900년 멘델리즘의 재발견을 기점으로 하여 새로운 전진을 시작했다. 그러나 20세기 초에는 유전자의 불변성이 믿어졌고, W. L. 요한센은 순계설(1903)을 내세워 선택은 순계의 분리에 소용될 뿐이며 환경에 의한 변이는 진화에 중요하지 않다고 하였다. H. 드 브리스는 달맞이꽃의 연구로 돌연변이설(1901)을 세웠는데 진화는 순계에 있어서의 일련의 돌연변이로 말미암아 일어나며 자연선택은 별로 역할이 없다고 하였다.

J. P. 로티는 교잡에 의하여 진화가 일어난다는 교잡설(1916)을 주장하였다. 이렇게 20세기 전 사반기에는 진화학설이 일면화한 경향이 있었고, 유전학의 초기의 성과가 유전의 고정성만을 강조하는 인상이 짙었던 탓 등으로 인해 진화의 메커니즘에 관해서는 종전의 여러 설에 회의를 품는 시대를 초래하였다.

그러나 이 사이에 진화에 대한 믿음이 동요된 것은 아니고, 진화의 이해에 공헌할 생물학의 여러 분과, 특히 유전학의 연구는 진행되고 있었다. 얼마 안 가서 유전학의 급속한 발전으로 돌연변이의 본질이 밝혀지고 생물학의 여러 분야에서 새로운 연구 성과가 집적됨으로써 진화의 경로 및 요인에 관한 연구가 비약적으로 진행되게 되었다. 이리하여 돌연변이 · 교잡 · 격리 · 자연선택 등을 진화의 요인으로 종합적으로 생각하는 현대적 종합설 시대가 오게 되었다. 이런 움직임은 T.도브잔스키의 유전학과 종의 기원에서 처음으로 잘 나타나고 있다.

한편, 1945년 이후에 분자생물학이 발달함으로써 분자 수준에서 진화의 문제가 논의되었다. 한국에 진화론이 소개되기 시작한 것은 1880년대부터이다. 1880년대에는 일본 사람들의 번역서 또는 저서를 통하여 진화사상을 받아들였고, 1900년대에는 중국 사람들이 쓴 글을 통해서 본격적으로 받아들이게 되었다. 중국은 옌푸 · 량치차오 등 유럽의 진화론을 흡수한 사람들이 있었는데 한국은 량치차오의 영향을 상당히 받은 것으로 본다. 그 당시에는 자연과학적인 면보다는 사회과학적인 면이 먼저 받아들여져 1900년대 초에는 생존경쟁 · 우승열패 등의 술어가 보편화되었다.

진화의 요인-소진화와 대진화

진화의 요인에 대해 알기 위해서는 소진화와 대진화에 대한 개념이 필요하다. 따라서 먼저 소진화와 대진화의 개념에 대해 간략하게 알아보고 현대의 진화론이 어떻게 진화를 정의하고 있는지 살펴본다.

모든 생물은 자신의 유전자를 정확하게 복제하여 후손들에게 전달하고 있다. 그러면 이렇게 유전자가 전달되어 전달된 각종 형질의 유전자가 발현된 후손들이 있다고 하자. 그런데 이 각종 형질이 발현되어 있는 개체 중 어떤 개체의 형질은 환경의 조건에 유리하고 어떤 개체는 환경의 적응에 더 불리하다면 그 해당 환경의 조건에 유리한 유전자를 가진 생물이 생존해서 또 그 다음 세대에게 전달된다. 이런 식으로 특정한 유전자만이 전달되어 특정 유전자의 형질이 계속 발현되는 현상을 소진화라고 한다.

즉 소진화는 같은 종 내에서 특정 유전자만이 유전되고 발현되어 그 동일 종 내에서 변화가 일어나는 것이다. 현재 개는 모두 같은 종이지만 개 안에 그토록 품종이 많은 이유도 바로 개라는 종이 각각의 환경에 맞게 소진화되어 있기 때문이다. 더군다나 개의 유전자 수는 77개로 매우 많아 유전자 조합에 따른 형질이 그만큼 많고 인간이 원하는 품종을 얻기 위해 임의의 품종 개량을 했기 때문에 소진화의 속도는 자연상태에 있을 때보다 훨씬 빨랐다. 인간의 경우도 흑인, 황인, 백인의 인종 차이가 나는 이유는 지역적 환경 조건에 맞게 유전자상의 특정 형질이 발현되어 있기 때문이고 이 형질이 발현되기 위해서 최초의 현생 인류로부터 엄청난 시간이 걸렸을 것이다.

그런데 소진화는 그 변화가 종 내에서 있는 것이고 종을 뛰어넘지는 못한다는 사실이다. 종이란 구분은 매우 정의하기가 어렵지만 일반적으로 생물학에서는 생물을 구분하는 최소 단위로써 서로간에 교배가 가능한 생물로 정의하고 있다.

현대의 생물학에서 진화란 일반적으로 대진화를 말하는 것인데 대진화란 보통 어떤 종 또는 종의 집단에서 새로운 종 또는 종의 집단이 나타나는 종분화 현상으로 설명한다. 모든 생물은 자신의 유전 정보를 정확하게 전달하기 때문에 그 생물체 고유의 유전자 중 생존에 유리한 유전자가 선택되어 그 후손에게 전달되어도 그 유전자는 그 생물 고유의 유전자일 뿐이다. 이 말은 소진화는 종간의 구분을 넘지 못하며 소진화 결과 겉모양이 틀려지더라도 서로간의 교배가 가능하다는 것이다. 즉 개를 예로 들면 치와와와 불독이 여전히 교배 가능하고 인간의 경우에는 흑인과 백인도 여전히 교배가 가능하다. 어떤 종이나 종의 집단에서 자연선택이나 격리가 아무리 계속되어도 소진화만이 계속 될 뿐 대진화는 일어나지 않는다. 심지어 자연선택 결과 그 종의 특정 유전자가 완전히 사라져도 그 종은 그 종일 뿐이다.

그렇다면 대진화가 일어나기 위해서는 새로운 형질을 발현시키는 이전의 종에 없었던 새로운 유전자의 등장이 필요하다는 결론에 이르게 된다. 이러한 새로운 유전자 등장의 요인으로는 돌연변이와 중립 유전자 발현이 있고 가장 최근의 이론으로는 도킨스가 발표한 이기적 유전자설이 있다. 현대의 진화론은 어떤 개체의 종의 집단이 격리되고 그후 새로운 유전자의 등장으로 새로운 형질이 발현되면서 자연선택이나 교잡 등이 되고 이런 과정을 반복하면서 나중에 종간의 차이가 확연해지고 종분화까지 나아가는 것으로 보고 있다.

소진화의 경우는 창조 과학회에서도 인정하고 있는 사실이다.

생명의 기원

1〉 자연발생설

이 자연발생설은 아직 과학적 자세가 확립되어 있지 않은 채 주관이나 상상도 과학이 될 수 있다고 생각하던 중세에 가장 설득력이 있던 설이었다. 당시 사람들은 썩은 고기에서 구더기가 끓는 것을 보고 생명은 스스로 자연적으로 생겨난다고 생각했다. 이 자연 발생설은 특별한 과학적 근거나 관찰도 없이 당시엔 그냥 가장 설득력 있게 받아들여졌다. 16세기의 벨기에의 의학자 반 헬몬트는 밀이나 치즈를 더러운 아마포로 덮어두면 생쥐가 태어난다고 주장해 이러한 자연발생설을 뒷받침했다.

하지만 17세기부터 서서히 과학적 자세가 확립되고 오직 실험과 관측에 의한 것만 과학적 이론이 될 수 있다는 사상이 널리 퍼지면서 이러한 자연발생설은 부정되기 시작했다. 1668년 이탈리아의 생물학자 레디는 썩은 고기를 헝겊으로 싸 파리가 접근하지 못하도록 하면 구더기가 생겨나지 않음을 처음으로 확인했다. 그는 구더기가 썩은 고기에서 나오는 것이 아니라 파리가 그 위에 낳은 알에서 깨어난다고 보고했다.

그러나 이러한 연구 결과에도 자연발생설이 좀처럼 수그러들지는 않았다. 생쥐나 구더기는 자연적으로 생겨나지 않지만 미생물들은 자연 발생한다는 주장이 새롭게 제기된 것이다. 그것은 눈에 보이지 않는 미시세계를 보여주는 현미경의 등장 때문이었다. 현미경은 효모를 첨가하지 않았는데도 포도주가 발효되고, 삶아놓은 고기가 썩어가는 과정을 보여주었다. 하지만 자연발생설에 대한 길고 지루한 논쟁은 1861년 프랑스의 미생물학자 파스퇴르에 의해 끝이 났다. 그는 고니의 목을 닮은 주둥이를 가진 플라스크를 만들어 공기는 통하되 박테리아는 들어갈 수 없게 했다. 그리고 플라스크에 영양액을 넣고 열을 가한 후 식혀 놓았다. 그 결과 고니목 플라스크 안에는 어떤 미생물도 자라지 않았다. 참고로 파스퇴르가 고니목 플라스크 안에 넣어둔 영양액은 1백여 년이 넘도록 썩지 않았다고 한다. 과학자들은 파스퇴르의 실험으로 자연발생설은 이제 더 이상 받아들여지지 않는다.

2〉 천체비례설

과학적으로 틀렸음이 검증된 자연발생설, 검증도 안 되고 인정도 안 되는 창조설 이외에 좀 더 과학적으로 생물의 기원을 설명하기 위해 19세기에 스웨덴의 과학자 아레니우스는 천체비례설을 주장하였다. 즉, 먼 우주에서 생명의 씨앗이 어느 운석에 묻어 지구로 떨어졌다는 것이다.

하지만 이 생각도 역시 생명의 기원을 지구가 아닌 우주의 어느 다른 별로 옮긴 것일 뿐 그 이상의 의미가 없었다. 더욱이 이 주장 역시 과학적 가설이 되기에는 창조설과 마찬가지로 다른 과학과 충돌하지 않아야 한다는 조건조차 위배하고 있다. 가혹한 우주의 환경에서 생물의 씨앗이 어떻게 견디었으며 지구의 대기를 통과하면서 발생하는 열에는 어떻게 견디었느냐는 것이다. 그래서 천체비례설도 지금은 받아들여지지 않는다.

3〉 화학진화설

이 화학진화설은 1930년대에 오파린과 홀데인이 주장한 생명의 기원에 대한 가설로 생명의 기원에 관한 한 가장 믿을 만한 과학적 가설이다. 이 화학진화설을 간단히 소개하면 탄생 직후의 지구의 원시 대기는 수소, 메탄, 암모니아와 같은 환원성 기체(수소 또는 수소와 결합한 기체분자)로 충만해 있었고 이 기체들은 지구 내부에서 분출되는 고온의 니켈, 크롬과 같은 금속들의 촉매작용으로 인해 단순한 유기분자들로 변한 다음, 암모니아와 다시 결합해 점차 복잡한 질소화합물로 변해갔다. 이러한 화합물은 바다에 농축되기 시작했고, 콜로이드 형태의 코아세르베이트로 변했다. 코아세르베이트는 막을 가진 액상의 유기물 덩어리로 외부환경과 구별되는 독립된 내부를 지녔다. 또 주변 물질을 흡수하여 성장하기도 하고 스스로가 쪼개져서 분열되기도 한다. 즉 조잡하나마 세포의 형태를 갖춘 것이다. 이들이 점차 스스로 분열하고, 외부와 물질을 주고받는 기능을 갖추고 자신의 정보를 복제할 수 있는 능력을 확보하면서 원시생명체로 진화했다는 것이다.

진화의 증거들

1) 발생학적 증거

19세기초 독일의 해부학자 폰 바어는 여러 다른 동물의 배의 형태가 매우 흡사하다는 것과 독자적인 차이점은 성체의 단계에 이르러서야 비로소 나타난다는 것을 발견하였다. 여러 방면의 증거를 바탕으로 일찍부터 생물학자들은 배의 단계와 그 이후의 발달과정은 유연 관계의 단서가 된다고 결론지었다. 이 생각은 독일의 대동물학자 헤켈에 의해 확대되었으나 불행히도 왜곡되었던 것이니 그는 결론하기를 어떤 생물이든지 배 단계는 어떤 선조의 성체단계를 닮았다고 잘못 결론지었다. 지금 우리가 아는 바로는 이는 문자 그대로는 진실이 아니다. 다만 배의 발달 과정에서 선조 단계로 여겨지는 불완전한 반복이 있는 것과 초기엔 서로가 닮았다가 시간이 갈수록 점점 변하는 것은 사실이다.

사실을 배우려고 시간과 인내를 다하는 사람들에게는 발생학은 논리적인 진화적 의미를 가진다. 그러나 큰 차이가 있는 성체들이 어떻게 유연관계를 가질 수 있느냐는 거짓된 전제를 가지고 출발하는 창조론자들은 배의 유사성의 의미를 다른 데서 찾을 수밖에 없었다.

여우를 가지고 이리를 만들거나 고양이를 가지고 호랑이를 만드는 일은 아무도 생각하지 못한다. 그러나 이들의 배는, 아니 모든 포유류의 배는 놀랄 만큼 서로 닮았다. 배의 발생과정을 그래프로 그려보면 아주 닮은 배들로부터 어떻게 여러 다른 종류의 동물들이 생겨날 수 있는가를 알 수 있다. 그것은 어느 성장단계에든 일단 근소한 차이가 생겨나면 그것이 어떻게 가속화되어 마침내 성체의 커다란 차이를 낳아놓을 수 있나를 보여준다.

사람의 경우는 발생 초기의 태아는 아가미 틈(새열)과 꼬리를 가지며, 발생 5개월 째에는 온몸에 작고 가는 털을 가진다. 또 심장을 보면 초기에는 1심방 1심실이었다가 그후 2심방 1심실로 되고 나중에 2심방 2심실이 된다. 발생이 진행되면서 양서류, 포유류의 모습을 차례로 보여준다.

더군다나 사람과 침팬지의 태아는 그 마지막 순간까지도 구분이 잘 되지 않는다. 다만 발의 모양이 조금 틀릴 뿐이다. 거의 차이가 없는 두 태아는 출생 후 다른 길을 걸어 인간의 태아는 출생 후에도 머리가 계속 자라고 침팬지의 태아는 출생 후 머리가 거의 자라지 않는다고 한다.

가자미류의 경우 어류는 약 500종이 있다. 이들의 성체는 모두 몸이 비대칭인데 이는 다른 어류와는 크게 다른 점이다. 그런데 가자미류도 부화 직후에는 다른 어류와 크게 다를 바가 없다. 그러나 산란 후 수 주일 이내 한쪽 눈이 이동한다. 가자미류 중에서 넙치를 비롯한 넙치과는 눈이 모두 왼쪽에, 가자미를 비롯한 붕넙치과는 눈이 모두 오른쪽에 위치한다. 이들은 모두 비슷한 생활에 적응하기 위하여 진화한 생물이지만 그들 조상 각각의 눈의 이동 방향은 달랐던 것이다.

2) 생화학과 분자생물학 분야에서의 진화의 증거

생화학이란 생물학과 화학이 결합된 새로운 학문으로 생물 내부에서의 작용을 화학적으로 알아보고자 하는 학문이다. 따라서 생화학은 생물학으로도 화학으로도 분류될 수가 있다. 진화의 증거는 생화학적으로도 몇 가지 보고되고 있으며 여기서는 혈청 반응에 대해서 조금 더 자세한 연구 결과를 알아본다.

먼저 혈청반응이란 어떤 동물의 혈청에 대한 항체 반응이 그 동물과 먼 관계에 있을수록 더 커진다는 내용인데, 예를 들면 사람의 혈청을 토끼에 주사하면 토끼의 체내에 사람의 혈청 단백질에 대한 항체가 생긴다. 그 뒤 토끼에서 항체를 뽑아 다른 동물에서 뽑은 혈청과 섞어 보았더니 여러 가지 침전이 생겼다.

또한 유전자 구조에 대한 생물학적 고찰이 중요하다. 생물의 형질을 지배하는 것은 유전자이다. 따라서 유전자의 구조적 차이를 비교하면 생물의 유연관계를 매우 정확하게 알 수 있다. 그러나 유전자의 구조를 직접 알아내는 것은 쉬운 일이 아니다. 그렇다면 유전자의 지령에 의해서 만들어진 단백질의 구조나 성질을 파악하여 간접적으로 유전자의 차이를 알아보면 어떨까?

척추동물의 헤모글로빈은 그 구조가 서로 비슷하여 4개의 폴리펩티드 사슬이 모여서 이루어져 있다. 각 폴리펩티드는 약 150개의 아미노산 분자로 이루어져 있는데, 이 4개의 폴리펩티드 사슬이 아미노산의 배열 순서를 조사해 보면 사람과 침팬지는 그 차이가 적고 사람과 소는 그 차이가 크다. 한편 시토크롬(cytochrome, 세포의 산화 환원에 작용하는 색소 단백질) C는 유기호흡을 하는 모든 생물에서 일치한다.

　가장 최근에 밝혀진 유전학적 증거로는 인간 이어 침팬지의 유전자 지도 완성이 있었다. 이 기사는 침팬지와 인류의 유전자가 98.77%가 같다는 것이 밝혀진 것이다. 서로 다른 1.23%의 유전자는 침팬지와 인간의 공동조상이 갈라진 후 인간 쪽의 진화과정에서 얻게 된 유전자로 인간만의 고차원적인 능력이나 인간만이 걸리는 질병은 이 1.23%의 유전자에 달려 있다고 한다. 인간에 가장 가까운 종은 피그미 침팬지라고 한다. 이 종은 인류와 마찬가지로 번식이 아닌 즐거움만을 위해 교미를 하기도 한다. 그리고 인간의 말을 훈련받았던 동물로도 유명한 대형 유인원이다. 이 모든 걸 감안하더라도 인간과 침팬지의 겉모양은 이토록 틀린데 어떻게 유전자 차이는 1.23%밖에 안 될까? 미토콘드리아와 DNA에 포함된 염기 배열을 조사한 결과 인간과 침팬지가 갈라진 것은 대략 500만 년 전후로 나왔다. 화석 기록으로는 직립을 했던 최초의 고인류인 오스트랄로피테쿠스의 초기 종들이 약 450만~350만 년 전에 활동했었다고 하니 이 두 기록이 잘 일치하고 있다.

　이들 단백질을 만드는 유전자에 있어서 염기배열의 차이를 조사하면 종이 언제쯤 분화했는지 알 수 있어 분자시계라고 불리게 되었다. 분자시계를 이용하여 절멸의 위기에 처한 이리오모테살쾡이가 아시아에 널리 분포하고 있는 벵골 살쾡이로부터 진화한 종임을 알게 된 적도 있다. 원래가 이리오모테살쾡이가 벵골 살쾡이는 비슷하다는 말이 많았지만 외견은 비슷해도 유전자상으로는 상당히 다른 경우도 있다. 그래서 두 살쾡이의 시토크롬 b 유전자의 염기 배열 402개를 비교해 보았다. 양자의 차이는 불과 2개뿐이었다. 시토크롬 b의 염기 배열은 1개가 변화하는데 10만 년이 걸린다는 사실이 알려져 있으므로 두 살쾡이는 20만 년 전에 분기되었다는 것이 증명된 것이다. 마침 류쿠 열도가 대륙으로부터 약 20만 년 전에 떨어져나갔다는 점에서도 벵골 살쾡이가 류쿠 열도에 남겨진채 고립되어서 이리오모테살쾡이가 되었음이 분명해졌다. 분자시계로 계산하면 현생 인간의 기원은 약 20만 년 전으로 거슬러 올라간다. 그러나 분자시계도 오차는 있으므로 완전히 정확하다고 볼 수는 없다.

3) 해부학적 증거

서로 다른 생물들의 기관이 겉모양과 기능은 크게 다르지만 그 기원과 해부학적 구조가 동일할 때 이를 상동기관이라고 한다.

사람의 팔과 개의 앞다리, 고래의 가슴 시느너비와 박쥐의 날개 등은 그 역할과 기능이 다르지만 뼈의 기본 구조가 모두 동일하기 때문에 상동기관이다. 또 포유류의 눈을 해부학적 관점에서 볼 때 세밀한 부분은 각기 틀리지만 기본 구조가 비슷하고 맹점이라는 치명적인 결함도 모든 포유류의 눈에 있다는 점으로 미루어 볼 때 포유류의 눈도 상동기관의 예가 된다. 이것은 모든 포유류의 최초의 공통 조상이 가졌던 눈에 치명적인 맹점이라는 곳이 생기고 이것이 각종 포유류의 종으로 진화해서 모든 포유류의 눈에는 맹점이라는 것이 남아 있게 된 결과이다.

상동기관은 생물들의 공동조상을 밝히는 중요한 단서가 된다. 상동기관의 존재는 일반적으로 해부학의 범위에서의 분석 결과를 말하는 것이지만 최근 생화학과 분자 생물학의 발달로 이 학문의 범위에 해당하는 상동기관이 발견되기도 한다. 각 종 내에서 동일한 단백질의 생산을 규정하는 유전자는 상동기관으로 알려져 있으며 같은 종 내에서도 헤모글로빈, 미오글로빈, 시토크롬 C와 같이 화학 구조가 기본적으로 동일하면서도 다른 역할을 하는 생리 물질도 상동기관으로 알려져 있다.

고래는 척추 동물이고 상어는 하등 어류로써 이들의 계통은 크게 다르다. 그러나 이 동물의 겉 모양은 비슷하다. 왜 그럴까?

이것은 두 생물이 계통적인 차이가 큼에도 불구하고 살고 있는 환경이 비슷하여 이들의 겉모습이 비슷하게 진화했기 때문이다. 물 속에 사는 모든 척추 동물은 헤엄치기에 알맞게 모두 꼬리 지느러미가 잘 발달되어 있다. 그런데 고래류는 꼬리가 모두 수평으로 되어 있고, 상어류는 모두 수직으로 되어 있다. 이처럼 환경의 유사성 때문에 서로 비슷하게 진화한 기관일지라도 계통과 조상의 차이에 따라 기관의 구조적 차이가 나타나게 된다.

이렇듯 모양과 기능은 비슷하지만 그 기원과 해부학적 구조가 다른 기관을 상사기관이라고 한다.

상사기관의 경우는 비슷한 기관이 한쪽은 완벽한데 한쪽은 아직까지도 환경에 완전히 적응하지 못한 경우가 많다. 이러한 상사 기관의 예로는 앞다리가 변한 것인 새의 날개와 피부 일부가 변화한 것인 곤충의 날개, 감자의 덩이줄기와 고구마의 덩이뿌리 등이 있다.

또한 흔적기간으로는 다음의 두 가지의 정의를 모두 포함하고 있다.

첫째, 어떤 생물이 환경에 적응해서 진화해 가는 도중에 환경이 변하게 된다. 그러면 이전의 환경에 적응하기 위해 발달해 온 어떤 기관이 새로운 환경의 적응에 필요 없는 경우가 생긴다. 이 경우 그 기관은 기능의 일부를 상실하거나 또는 기능 전체를 상실하고 기관이 존재했었다는 흔적만 남아 있게 되는데 이런 기관을 바로 흔적기관이라고 한다. 기관 전체가 상실되는 경우 그 기관이 해당 생물의 발생 초기에만 존재하다가 발생이 진행되면서 완전히 사라지는 경우도 있고, 인간의 새열(어류의 아가미 뒤쪽에 나 있는 구멍으로 사람에게는 필요없는 기관이지만 흔적기관으로 남아 있는 경우도 있다)과 같이 발생 중 다른 기관의 일부로 편입되는 경우도 있다.

둘째, 어떤 기관이 진화 과정 중 발생했지만 특정한 기능을 가질 때까지 더 이상 진화하지 못하고 거의 쓸모 없는 기관으로 남아 있을 때 이 기관을 흔적기관이라고 한다.

이런 흔적기관의 예로는 인간의 새열, 동이근, 꼬리뼈, 맹장과 심해어 및 동굴 동물의 눈, 비단 구렁이와 고래의 흔적 다리뼈 등이 있다.

4) 생물지리학적 증거

이 증거는 지구과학의 지질학, 그리고 지리학적 내용이 연관되어 나타난 증거다. 이는 대륙 이동이나 기타 소규모 지질학적인 변화가 생물의 진화에 영향을 끼쳐서 그 결과가 아직도 남아 있는 현상을 말한다. 이러한 지질학적인 변화에 의한 동일종 집단의 격리 현상에 의한 종분화와 진화는 가장 중요한 진화의 요인의 하나로도 받아들여지고 있다. 실제로도 많은 곳에서 크고 작은 현상이 발견되었지만 가장 대표적이고 가장 큰 규모의 생물지리학적인 증거는 바로 호주와 아시아 대륙의 분리에 의한 양쪽 포유류의 독자적인 진화가 있다.

호주에는 캥거루, 오리너구리, 코알라와 같은 좀 덜 발달된 포유류가 많다. 왜 호주의 포유류만 그렇게 덜 떨어졌을까? 초기 포유류가 등장하여 호주를 비롯한 여러 지역에 퍼진 얼마 후 호주가 타 대륙에서 갈라졌음이 지질학과 화석기록으로 밝혀졌다. 그러면 답은 하나.

다윈은 처음 갈라파고스 군도에서 멧새들을 보고 각 군도의 섬마다 멧새들이 습성, 모양이 조금씩 다른 것을 보고 진화가 아니면 이를 설명할 수 없음을 깨달았다고 한다. 이 새들은 계통적으로 남미의 일부 새와 계통적으로 가까움을 알게 되었다. 아마 남미의 소수 종의 한 새가 어떤 이유로 이곳에 고립되어 자손을 번식시키고 자손들도 각섬으로 고립되어 여러 종으로 갈라지게 된 것이었던 것이다.

만일 생물이 진화하지 않는다면 한 종의 개체들이 멀리 격리된뒤 수십억 년이 지나도 변하지 않고 같아야 한다. 그러나 호주와 구대륙이 분리되어 구대륙 쪽은 포유류로, 호주 쪽은 유대류로 각기 다른 진화의 길을 걸었던 것이다. 그 결과는 양 지역의 생물들이 명백히 보여주고 있다.

부록 2

태양계

우주 대폭발 이후 우주는 팽창해져 갔고 쏟아져 나온 먼지와 가스, 암석들이
뭉쳐 뜨거운 불덩어리인 태양을 중심으로 행성들이 자리잡았다. 수성, 금성,
지구, 화성, 목성, 토성, 천왕성, 해왕성, 명왕성. 태양과 너무 가깝지도 않고
아주 멀리 떨어지지도 않게 자리잡은 지구는 생명이 숨쉬는 행성이 될 수 있
었다. 지구가 자리잡은 태양계를 살펴보면서 드넓은 우주 어딘가에 또 다른
태양계가 있지는 않을까 생각해 본다.

태양

초고온·초고압의 기체

지구에서 평균거리 1억4960만km에 있으나, 지구가 근일점(태양과 가장 가까워지는 지점)을 지나는 1월 초에는 이보다 250만km(평균거리의 1.7%)가 가까워지고, 원일점을 지나는 7월 초에는 마찬가지로 250만 km 더 멀어진다. 태양의 지름은 약 139만km로 지구 지름의 109배, 따라서 부피는 지구의 130만 배, 질량은 약 2 × 1033g으로 지구의 33만 배, 평균밀도는 지구의 1cm³당 5.52g에 대해서 약 1/4인 1.41g 이다.

이처럼 태양의 밀도가 지구보다 작은 까닭은, 태양이 지구처럼 고체의 껍질을 가진 것이 아니라, 전체가 거대한 고온의 기체의 공이기 때문이다. 태양의 기체를 이루는 원소는 그 스펙트럼(태양스펙트럼)으로부터, 대부분이 수소 H, 다음이 헬륨 He이고, 이 밖에 극히 적은 양의 나트륨 Na, 마그네슘 Mg, 철 Fe 등 지구상에서 알려진 원소 약 70종이 기체 상태로 존재하는 것이 확인되었다. 육안으로 보아 둥글고 빛나는 부분을 광구라고 하는데, 이는 물론 기하학적인 면이 아니고, 표면에서 깊이 약 300km까지의 층으로 그 온도는 약 6,000℃이다. 이보다 더 깊은 곳으로부터 나오는 빛은 도중에 있는 물질에 흡수되어 밖으로 나오지 못한다. 따라서 태양의 내부는 직접 관측할 수 없고, 표면의 상태로부터 이론적으로 추정한다.

현재 태양의 중심부는 온도 1500만℃, 압력은 약 30억atm인 초고온·초고압의 기체로 이루어졌고, 가장 많이 있는 수소의 원자핵이 충돌해서 열핵융합반응을 일으켜, 양성자 4개가 헬륨의 원자핵으로 뭉치고, 이때 질량의 0.7%가 소실하여 에너지로 바뀌는 원리로, 태양이 매초 방출하는 방대한 에너지를 생산하고 있는 것으로 생각된다.

온도는 광구의 아래쪽에서 상층으로 가면서 내려갔다가 채층에 들어가면 다시 오르기 시작한다. 채층은 광구 밖으로 이어지는, 즉 태양의 바깥쪽에 있는 극히 얇은, 두께 약 1만km의 층으로, 개기일식에서 광구가 달에 가리워질 때 붉은 색으로 빛나는 데서 나온 이름이다. 또, 바깥쪽에는 역시 개기일식 때 태양의 반지름 또는 그 2배 정도까지 희게 빛나는 코로나(corona)가 있다. 온도는 100만℃나 되는 고온이지만, 극히 희박하기 때문에 가장 밝은 아래 부분에서도 광구의 밝기의 100만 분의 1 정도로 매우 약하다.

수성(Mercury)

태양과 가장 가까운 극한의 장소에서 탄생한 행성

수성은 태양에 가장 가까운 행성으로 태양까지의 거리가 5700만 Km에 불과한 극한의 장소에 있는 행성이다. 낮에는 지구에서 보는 것보다 3배나 더 큰 태양이 이글거리며 7배나 많은 태양열을 받기 때문에 온도가 250℃에 이르지만 밤에는 대기가 없어 열을 저장할 수 없으므로 영하 170℃로 떨어진다. 크기는 지름이 불과 4880Km 정도로 명왕성 다음으로 작기 때문에 수성의 공전주기는 88일에 불과하다. 수성은 항상 태양 곁에 붙어 있는데다가 공전주기까지 빨라 수성을 관측하는 것은 매우 힘들다. 특히 망원경으로 수성을 관측하는 것은 매우 위험하다. 잘못하여 태양을 보게 되면 실명할 수 있다. 수성의 표면은 달과 비슷하여 여기저기 깊게 패인 분화구가 많은데 이것은 수성에 대기가 없어 풍화 작용이 없었기 때문에 탄생 당시의 미행성들의 충돌의 흔적이 그대로 남아 있기 때문이다. 수성은 달과 함께 탄생 당시의 흔적을 그대로 가지고 있는 매우 귀중한 행성이다. 수성에는 지구의 1/10 정도의 약한 자기장이 있고, 내부 구조는 철로 이루어진 핵이 전체 부피의 2/3 정도가 있다. 이렇게 철이 비정상적으로 큰 이유는 확실히 밝혀지지 않았지만 미행성설에 근거해서 수성의 탄생 당시에 일어났을 수 있는 여러 가지 가능성들을 조사하고 있다.

금성(Venus)
두터운 황산 구름 속의 작열하는 지옥

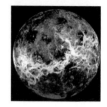

금성은 지구와 크기가 비슷하고 지구에 가장 가까운 행성이다. 하지만 환경은 매우 달라 금성의 환경은 지옥이라고 표현할 수 있다. 대기는 매우 두터운 이산화탄소로 이루어져 있으며, 이로 인한 온실 효과는 금성을 400℃가 넘는 고온의 행성으로 만들었다. 탄생 초기에 크기와 중력이 비슷했던 지구와 금성의 대기는 비슷한 양의 이산화탄소가 있었다. 하지만 두 행성 간의 약간의 거리차로 인해 운명은 달라지게 된다. 지구는 물이 항상 액체 상태로 존재할 수 있는 거리에 있었기 때문에 물이 이산화탄소를 녹였고 차차 대기 조성이 바뀌며 온난한 행성으로 변해 갔다. 하지만 금성은 물이 수증기 상태로 존재하게 되었고 이산화탄소가 그대로 남아 온실 효과로 인해 점점 온도가 올라간다. 온도가 올라갈수록 수증기의 운동도 빨라졌고 강렬한 태양 빛은 수증기를 수소와 산소로 분해해 버렸다. 그 중 상당수는 (특히 가벼운 수소가) 금성을 탈출해버리고 만다. 이렇게 해서 금성은 지옥의 행성이 된 것이다. 현재 과학자들은 화성 역시 대기에 이산화탄소가 98% 정도 있고 상당한 양의 물자국이 발견된 것으로 봐서 지구형 행성들은 탄생 초기에 물과 이산화탄소가 상당수 있었음을 알게 되었다.

지구(Earth)
푸르고 아름답게 빛나는 우주의 오아시스

탄생 초기에 모든 지구형 행성들은 상당수의 물과 이산화탄소가 있는 등 환경이 비슷했지만 태양으로의 거리가 행성들의 운명을 갈라놓았다. 지구는 생명 탄생의 필수 조건인 액체 상태의 물이 항상 존재할 수 있는 거리에 있었고, 결국 지구는 생명이 살아 숨쉬는 아름답고 푸른 우주의 오아시스가 되었다. 최초의 원시 생명체는 약 38억 년 전에 바다에서 탄생해서 단세포 생명이 탄생하기까지 약 10억 년이 걸렸던 것으로 추정하고 있다.

지구는 지구형 행성을 대표하는 행성이다. 왜 이런 지구형 행성과 목성형 행성의 구분이 생겼을까? 이것은 태양계가 처음 탄생할 때 비교적 태양에 가까웠던 곳에서는 강렬한 원시 태양의 열에 의하여 태양계 탄생의 주재료였던 가벼운 수소와 헬륨 등이 대부분 날아가고 무거운 원소와 암석들이 주로 남아 행성들을 형성했기 때문이다. 이 암석과 무거운 원소들은 서로 충돌해서 작고 단단한 지구형 행성이 만들어졌던 것이다. 반면 태양에서 비교적 멀었던 곳에서는 여전히 수소와 헬륨 등의 가스가 충분했고, 표면이 없는 거대한 가스 행성들이 만들어졌다. 지구형 행성과 목성형 행성의 운명 역시 태양으로부터의 거리에 의해 이렇게 갈라졌던 것이다.

화성(Mars)
황량한 붉은 사막에 이는 모래 폭풍

옛날에 밤하늘에서 유난히 붉게 빛나는 화성을 보고 전쟁의 신인 Ares(영어식 Mars)의 이름을 붙였다. 화성이 붉은 이유는 표면에 붉은 산화철이 많기 때문이다. 화성에는 엷은 이산화탄소의 대기가 있고 지축이 기울어 있어 지구처럼 사계절의 변화가 있으며 지구의 남북극처럼 물과 이산화탄소 등의 얼음으로 이루어진 극관(화성의 남북극)이 있다. 가장 놀라운 사실은 수많은 말라버린 물 자국이 발견되었다는 것이다. 이것은 과거에 화성에도 상당수의 물이 있었다는 것이고, 과거의 화성에는 바다가 있었을 확률조차 배제할 수 없다. 화성은 태양으로부터 지구보다 더 멀리 있기 때문에 평균 온도가 영하 70℃ 정도이고 화성의 물은 얼음의 형태로 존재하고 있다. 하지만 한여름에 화성의 적도 지방에는 영상 10℃까지 올라가므로 제한적으로나마 액체 상태의 물이 존재할 수 있다. 이 물은 생명탄생의 필수 조건으로 여겨지고 있다. 따라서 과학자들은 화성에서 단순한 생명체 또는 최소한 생명이 탄생하려다가 만 흔적이라도 있지 않을까 기대하고 있다. 지금의 화성은 황량한 붉은 사막에 모래 폭풍이 이는 행성이지만 과거에는 물이 있고, 생명체가 있었던 영광된 행성이었을 수도 있다.

목성(Jupiter)
태양계 최대의 거대 가스 행성

목성은 수소와 헬륨, 메탄 등의 가스로 구성된 태양계에서 가장 큰 행성이다. 이런 특성은 미행성설로 가장 잘 설명이 된다. 밤하늘의 별들을 보면 약 70% 정도의 별들이 쌍성의 형태로 존재하며 나머지가 행성계나 성단을 동반한 형태를 하고 있다. 이는 가스의 수축으로 인한 별들의 탄생시 중앙에서 주성이 생기고 나머지 주변의 가스가 흐르면서 또다시 가스가 뭉쳐져 동반성이 생기기 때문이다. 하지만 동반성의 질량이 너무 작아서 스스로 핵융합 반응을 일으킬 능력이 없을 경우 갈색 행성이 되고, 이보다 더 질량이 작으면 그대로 가스 행성으로 되는 것이다.

약 50억 년 전 태양이 가스의 흐름 속에서 탄생할 때는 목성이 동반성의 후보였으나 질량이 너무 작았기 때문에 그대로 행성이 된 것이다. 하지만 목성이 항성이 되지 못한 것은 너무나도 다행스러운 일이다. 목성이 또 다른 태양이 되었더라면 우리 지구에 최초의 생명 탄생의 기적도, 인류 문명도 없었을 것이다. 한편 원시 목성 주위에서도 원시 태양계가 탄생하는 것처럼 원형의 가스의 흐름이 있었고, 이 흐름으로부터 이오, 에우로파, 가니메데, 칼리스토라는 목성의 거대 위성들이 만들어졌다고 생각되어지고 있다.

토성(Saturn)

아름다운 고리를 가진 태양계의 보석

토성의 특징은 매혹적인 고리이다. 아름다
운 고리를 가진 토성이야말로 태양계의 보석
이다. 갈릴레이가 세계 최초로 망원경을 통한
천체를 관측했을 때 토성의 양 옆에 뭔가가 붙
어 있는 것을 발견하였는데 그것이 최초의 토
성 고리 발견이었고, 노트에 "토성은 귀를 가지고 있다"라고 썼다. 토
성의 고리는 수많은 성분들의 얼음 알갱이였고 이 사실로부터 우리
는 미행성설로 토성의 고리가 생기는 과정을 설명할 근거를 얻게 되
었다.

현재 토성의 고리는 원시 태양계의 가스 수축 속에서 토성이 만들
어져 가고 그 원시 토성 근방의 가스의 흐름이 다른 목성형 행성들보
다 훨씬 컸기 때문에 고리가 된 것으로 보고 있다. 이외에도 토성의
원시 거대 위성들이 토성의 조석력으로 파괴되었다는 설명도 있다.

토성의 특징으로는 목성형 행성들은 가스로 이루어져 그 밀도가
상당히 작은데 토성은 특히 작아 물보다 작은 0.7밖에 안 된다. 또 토
성의 자전 속도는 행성들 중에서 가장 빨라 토성은 적도가 가장 많이
부푼 타원형의 모양을 하고 있다는 것과 토성이 현재 가장 많은 위성
을 가지고 있다는 것도 하나의 큰 특징이다.

천왕성(Uranus)
옆으로 기울어진 기묘한 세계

수성, 금성, 화성, 목성, 토성의 5개의 행성이 고대 시절부터 인류에게 매우 중요한 별들로 받아들여진 것과 달리 나머지 3개의 행성들은 육안으로는 보이지 않기 때문에 인류에게 알려지지 않았다. 그중 천왕성은 18세기에 망원경으로 관측하던 허셜에 의해 그 존재가 알려지게 된다. 천왕성은 완전히 육안으로 관측이 불가능한 것은 아니고 지구에 가장 근접할 때는 약 6등성까지 밝아지는 경우도 있으나 그 위치가 계속 변하는 행성인데다 육안으로 관측 가능한 최저 밝기인 6등성조차 극히 짧은 기간에만 이루어지기 때문에 발견하기가 쉽지 않았다.

천왕성은 태양계의 9개 행성 중 가장 특징이 없는 행성이다. 가장 큰 특징을 들면 옆으로 기울어진 채 돌고 있다는 것이다. 자기 자신뿐만 아니라 위성들도 모두 기울어진 면을 따라 공전하고 있다. 천왕성이 왜 이렇게 기울어졌는가는 아직도 미지수다. 천왕성은 거대 가스 행성 중에서 특이하게 대기에 메탄이 많이 포함되어 있어 청록색으로 보인다. 메탄은 수소, 헬륨 등과 함께 가벼운 원소로써 목성형 행성이 탄생하던 영역에 많았던 것으로 생각되며 특히 천왕성이 탄생하던 곳에 더 많았기 때문으로 생각되고 있다.

해왕성(Neptune)
청초한 푸른 빛의 마지막 가스 행성

1989년 미국의 행성 탐사선인 보이저 2호가 수십 억Km를 비행하여 성공한 해왕성 탐사는 행성 탐사 역사상 최대의 성과로 불리고 있다. 해왕성 역시 거대한 가스 행성이고 대기 중 메탄 함유율이 목성이나 토성보다 더 높다. 해왕성은 거대 가스 행성의 마지막 위치에 있다. 태양으로부터의 거리는 약 45억Km로 미행성설에 의하면 이 근방까지 가스의 밀도가 높고 그 흐름이 많았던 것을 추정할 수 있다. 해왕성의 위성 중 가장 큰 트리톤은 기묘하게도 역행의 공전 궤도를 가지고 있으며 그 공전 궤도가 해왕성의 적도면과 90도로 기울어져 있다. 과학자들은 미행성설에 근거해서 해왕성의 탄생 당시에 일어났을 수 있는 여러 가지 가능성들을 조사하고 있다. 그중 트리톤은 명왕성과 함께 해왕성 바깥에서 탄생하였는데 그만 해왕성의 인력에 붙잡혀 위성이 되었다는 설이 가장 유력하다. 이것은 트리톤과 명왕성의 구성 성분과 크기가 매우 비슷하다고 추정되는 것으로부터도 지지된다. 명왕성은 지구형 행성도 목성형 행성도 아닌 독특한 특징들을 가지고 있는데 도대체 50억 년 전 이들이 탄생하던 영역에는 무슨 일이 있었던 것일까? 그에 대한 질문은 아래의 명왕성 편을 읽으면 풀리게 된다.

명왕성(Pluto)
모든 것이 얼어버린 혹한의 세계

　명왕성은 태양으로부터 가장 멀리 떨어진 행성으로 그 거리는 60억Km나 되며 명왕성에서 본 태양은 다른 별들과 마찬가지로 한 점으로밖에는 보이지 않을 것이다. 이곳에서는 대기 성분인 메탄 가스조차도 조용히 얼어서 서리로 내려앉고 있으며 모든 것이 동면 상태인 것으로 생각되고 있다.

　명왕성의 궤도는 매우 찌그러진데다가 황도 면에서 크게 기울어져 있으며, 그 크기는 불과 지름 2600Km로 행성이라고 부르기에는 매우 초라한 모습이다. 이외에도 명왕성은 지구형 행성이라고도 목성형 행성이라고도 볼 수 없는 매우 독특한 특징들이 많이 있다. 명왕성의 이런 특성들은 왜 나타난 것일까?

　1970년대에 카이퍼라는 천문학자는 미행성설이 사실이라면 가스 흐름의 최외각에는 행성의 재료가 될 가스와 여러 물질들이 많이 부족했을 것이고 따라서 어느 정도 미행성들이 뭉치다가 재료가 없어 그대로 성장을 멈춘 채 태양 주위를 돌고 있을 것이라고 예언했다. 이 천체들을 카이퍼 천체라고 한다. 그리고 명왕성은 행성으로의 성장을 급격하게 하다가 성장이 멈춘 카이퍼 천체의 왕이라는 것이다.

　그런데 실제로 1992년에 지름 약 250Km 정도의 1992QB1을 비롯하여 카이퍼 천체들이 상당수 발견되었다. 이 발견은 카이퍼의 예언을 사실로 만들었다. 따라서 명왕성을 행성에서 카이퍼 천체로 강등시켜야 한다는 논란이 일었는데 국제 천문협회는 압도적인 찬성으로 명왕성을 계속 행성으로 분류하기로 결정지었다. 명왕성은 거의 행성에 가깝게 성장해서 행성이라 불러도 손색이 없고 지금까지 명왕성을 행성이라고 부른 전통을 무시할 수 없다는 이유에서였다.

현재 카이퍼 천체 중에서는 지름 250Km의 1992QB1가 가장 큰 천체이지만 앞으로 더 큰 카이퍼 천체가 발견되면 명왕성과 카이퍼 천체간의 구분은 더욱 모호해질 것으로 보인다.